EN MAN SOM HETER OVE

LL-förlaget ger ut lättlästa böcker för unga och vuxna.
Mer information finns på www.ll-forlaget.se

LL-förlaget
MTM
Box 5113
121 17 Johanneshov

Återberättad av Niklas Darke
Omslag och inlaga Nils Olsson, Katslosa Design och Malin Hedlund
Papper Munken Premium Cream, 100 g
Typsnitt Indigo och Verlag

Första upplagan, andra tryckningen
Tryckt av Bulls Graphics AB, Halmstad, 2016

ISBN 978-91-7053-538-3

LL-förlaget är en del av MTM, Myndigheten för tillgängliga medier.
Läs mer på www.mtm.se

FREDRIK BACKMAN

EN MAN SOM HETER *Ove*

Återberättad av Niklas Darke

LL-förlaget

En man som heter Ove går sin runda

Ove heter en man.
Han är 59 år gammal.

Äldre ska han inte bli.
Det får räcka nu.
Ove har bestämt sig för att dö i dag.

Det finns ingen mening med någonting.
Ove är ensam.
För sex månader sedan dog hans fru Sonja.
Häromdagen fick han sparken från sitt jobb.
Han har inga barn som ringer och frågar hur han mår.
Grannarna tycker inte om honom,
och han tycker inte om dem heller.
Det är som om ingen behöver honom längre.

Det är en tisdag i november.
Det är tidigt på morgonen.
Solen har nyss gått upp.
Klockan är kvart i sex.

Ove har ingen väckarklocka.
Ändå vaknar han alltid klockan kvart i sex.
Det har han gjort hela livet.
Varför skulle han göra annorlunda den sista dagen?
Bara slöfockar ligger och drar sig på morgnarna.
Slöfockar som jobbar med IT och kör Audi.

Ove fnyser när han tänker på det.

Oves bil är en Saab.
Oves pappa körde också Saab så länge han levde.
Det är rejäla bilar som man vet var man har.
Pålitliga. Som Oves pappa.
Ove litar inte på folk som kör något annat bilmärke.

Ove kliver upp ur sängen, går till köket
och sätter på kaffebryggaren.
Medan kaffet rinner ner i kannan
klär han på sig sina blå byxor och sin blå jacka,
kliver i träskorna och går ut genom dörren.

Innan han dricker morgonkaffet
ska han gå sin vanliga runda i kvarteret.
Det har Ove gjort varenda dag i alla år han har bott här.
Finns ingen anledning att låta bli
bara för att han ska dö i dag.
Hur skulle det se ut?

Ove går ut genom dörren.
De andra radhusen på gatan är tysta och släckta.
Det kunde man ju räkna ut.
Slöfockarna ligger och gottar sig i sängvärmen
medan deras Audibilar står på parkeringen och rostar.
Det är bara Ove det är ordning på.
Hur ska kvarteret klara sig utan honom?

Det är då Ove träffar katten.
Den sitter mitt på gångvägen mellan husen
och tittar på Ove.

Det är ett riktigt skrälle.
Ett kattskrälle med en halv svans och bara ett öra.

Stora hårtussar fattas i pälsen.
Katten ser ut att ha varit i många slagsmål,
och förlorat allihop.

Ove litar inte på katter.
Och han har aldrig sett just den här katten förr.
Den hör inte hit.
Ove vill att allt ska vara som det brukar.

Han tar ett par klampande steg mot katten
för att skrämma bort den.
Den flyttar sig inte.

Katten och Ove tittar på varandra.
Katten ser lika sur ut som Ove känner sig.
Ove funderar på att kasta ena träskon på den.

Om katten hade haft träskor
hade den nog velat kasta en på mig, tänker Ove.
Den är inte alls rädd.

– Schas! säger Ove.

Då backar katten ett steg, men blänger lika surt.
Så vänder den sig om och går lugnt därifrån.

Kattskrälle, tänker Ove.
Han tittar på sitt armbandsur.
Två minuter i sex.
Dags att sätta fart
så att inte kattskrället försenar hela rundan.
Det hade just varit snyggt.

Ove gör precis som han gör varje morgon.
Först går han till parkeringen.
Han stannar vid skylten där det står:

Ove sparkar lite på skylten för att känna
att den sitter fast ordentligt.
Det är klart att den gör det.
Men det är säkrast att kontrollera.

Sedan går han längs alla garage
för att se att det inte har varit inbrott
eller brunnit i något av dem under natten.
Det har aldrig hänt något sådant där Ove bor.
Men Ove vill vara på den säkra sidan.

Sist i raden ligger hans eget garage.
Där inne står hans Saab parkerad.
Ove rycker i garageportens handtag tre gånger
för att kolla att låset inte har gått sönder.
Bra. Det är låst.
Precis som det ska vara.

Nu tar Ove upp en anteckningsbok och en penna.
Så går han längs gästparkeringen
och skriver upp registreringsnumren på alla bilar.
Sedan jämför han med numren han skrev upp i går.

Man får bara stå på gästparkeringen i 24 timmar,
alltså en dag och en natt.
Om något registreringsnummer är samma som i går
vet Ove att bilen stått för länge.
Då brukar Ove ringa Transportstyrelsen.
Där får han reda på vem som äger bilen.
Sedan ringer han upp ägaren.
Han talar om för den personen
att hon eller han är en jädra fähund
som måste flytta sin bil.

Regler är till för att följas, tycker Ove.
Står det 24 timmar på skylten
ska banne mig ingen stå där längre.
Hur skulle det se ut annars?
Det skulle bli kaos.
Skulle stå bilar överallt.

Men i dag har alla gästparkerare skött sig,
så Ove går vidare till soprummet.
Där kollar han att alla har slängt rätt sopor i rätt kärl.

Egentligen struntar Ove i sopsortering.
Men regler är regler.

Han plockar upp en glasburk ur metallåtervinningen
och suckar.
Kan folk inte läsa skyltar längre?
Metall för sig och glas för sig,
det står ju klart och tydligt.

Ove lägger glasburken i kärlet för glas.
Hur ska de klara sig när han är borta?
Det kommer att ligga sopor huller om buller.

Men det är inte Oves problem.
Han ska ju dö i dag.

Utanför soprummet finns en skylt
där det står:

Nedanför skylten står en cykel lutad mot väggen.
Under skylten har någon satt en arg lapp:
”Det här är ingen cykelparkering! Lär dig läsa skyltar!”

– Idioter, muttrar Ove.

Så lyfter han in cykeln i cykelförrådet,
låser dörren och rycker i handtaget tre gånger.

Sedan river han ner den arga lappen.
Visst har personen som skrivit den rätt,
det är förbjudet att ställa cykeln där.
Men det är också förbjudet
att sätta upp lappar på väggen.

Den här väggen är för fan ingen anslagstavla.
Rätt ska vara rätt.

Sedan går Ove tillbaka in i sitt hus.
Han tar av sig träskorna och häller upp kaffe.
När kaffekoppen är tom ringer han två telefonsamtal.
Först till dagstidningen
för att säga upp prenumerationen.
Sedan till telefonbolaget
för att säga upp abonnemanget.

Sedan lagar han kranen till handfatet i badrummet
och skruvar i nya skruvar i handtaget på altandörren.

Han oljar in bänkskivan i köket,
städar på vinden, sorterar verktygen i förrådet
och byter ut sommardäcken på Saaben mot vinterdäck.
Han stänger av alla element,
drar ut sladden till kaffebryggaren
och släcker alla lampor.

Så tittar han på klockan.
Den har blivit fyra på eftermiddagen.
Det är dags nu.

***

Det var inte meningen att livet skulle bli så här.

Ove ser sig omkring i radhuset.
Det är så tomt.
Huset var lite för stort
när Ove och hans fru Sonja bodde här.

Det är alldeles för stort för bara Ove nu.
Och snart kommer det att bli helt tomt.

Men det är åtminstone betalt.
Varenda krona. Inte ett öre i lån.
Ove har arbetat.
Gjort rätt för sig.
Aldrig varit sjuk.

Men häromdagen hade cheferna på jobbet
kommit fram till Ove.
De hade sagt att det var ”arbetsbrist”
och att Ove måste sluta på jobbet.

– Det blir väl skönt att få ta det lite lugnt? hade de sagt.

Det tyckte inte Ove.
Han har jobbat sedan han var 16 år.
Han vet inte hur man gör om man inte jobbar.

Det var när han kom hem från jobbet den dagen
som han bestämde sig.
Det fanns ingen mening med att leva vidare.

Ove tittar ut genom fönstret.
Huset bredvid är precis likadant som Oves.
Det har visst flyttat in en barnfamilj där, har Ove hört.
Han hoppas att de inte kör Audi.

Ove går in i vardagsrummet.
Han tittar upp i taket.
Ove ska skruva fast en krok där.
En riktigt stadig krok.

Han tänker sätta upp den så hårt
att den aldrig går att få loss.

Det blir det sista han fixar i huset innan han försvinner.
För sedan ska han sätta fast ett rep i kroken.
Och göra en snara i änden på repet.
Kliva upp på en stol.
Trä snaran om halsen.
Hoppa ner från stolen.
Hänga sig.
Dö.

Sedan får han äntligen träffa Sonja igen.
Han har saknat henne så mycket.

En man som heter Ove får nya grannar

Ove öppnar sin bra-att-ha-låda
och väljer bland krokarna.
Vilken ser mest stadig ut?
Den måste hålla för en vuxen man.
Ove funderar.

Då hörs plötsligt ett långt skrapande ljud.
Det låter som om någon backar ett släp
längs Oves husvägg.

Vad i helvete?
Han går fram till fönstret och tittar ut.
Han ser en kvinna som står och viftar med armarna
åt en bil med släpvagn.
Hon ser arg ut.
Hon är kortväxt och svarthårig och har en jättemage.
Bilen skrapar längs väggen på Oves hus.
I bilen sitter en stor, blond man
och snurrar på ratten som en idiot.

Släpvagnen är fullpackad med möbler.
Ove förstår att det är de nya grannarna.

Ove ser att ena hjulet på släpvagnen
rullar ner i hans rabatt.

– Det var då självaste …! ryter Ove genom fönstret.

Till råga på allt är bilen en Toyota.
Ove knyter nävarna.
Kroken får vänta.
Han rusar ut genom ytterdörren och vrålar:
– Vad håller ni på med?

– Det undrar jag också! vrålar kvinnan.

Hon blänger på Ove.
Ove blänger tillbaka.

– Man får inte köra bil här! säger Ove.
Kan du inte läsa skyltar eller?

Kvinnan tar ett steg mot honom.
– Sluta skrika åt mig! Det är inte jag som kör!

Ove stirrar på henne.
Hennes bruna ögon gnistrar av ilska.
Väldigt vad stor hennes mage är.
Ove förstår att hon är gravid.
Hon ska ha barn och kan föda vilken dag som helst.

Ove vänder sig mot Toyotan.
Mannen har klivit ut ur bilen.
Han är nästan två meter lång och ser ut som en lufs.

Är det den här idioten som är pappa
till barnet i kvinnans mage? tänker Ove.
Stackars unge i så fall.

– Vem är du då? fräser Ove till lufsen.

– Det är jag som kör, säger lufsen glatt.
– Jaså, är det verkligen det? säger kvinnan.
Det verkar inte så!

– Och vem är du? frågar Ove.

– Jag är den där bildårens fru,
säger hon och glor på lufsen.

– Det är inte så lätt som det ser ut, säger lufsen.

– Jag sa HÖGER! skriker kvinnan åt honom.
Och då fortsatte du att backa åt VÄNSTER!
Du lyssnar ju inte! Du lyssnar ALDRIG!

Lufsen bara nickar och ler.
Han verkar vara van vid att bli utskälld av sin fru.
Lufsens leende gör Ove irriterad.

Ännu mer irriterad blir han
när lufsen rycker på axlarna och säger:
– Äh, förlåt alltså.
Det var en liten olycka bara, men det löser vi!

Ove stirrar på lufsen som om han just
hade bajsat på motorhuven på Oves Saab.
– Hur då löser? säger Ove.
Du står i min rabatt!

– Det är väl ingen rabatt? säger lufsen.
Det är ju bara jord.

Ove blir ännu argare.
- Det är visst en RABATT!

Lufsen tittar igen.
- Nä, säger han, bara jord.

Ove rynkar pannan.
- Det. Är. En. Rabatt.

Lufsen kliar sig i håret.
- Men du har ju inte odlat något i den, säger han.

- Du ska bara ge fan i min rabatt! skriker Ove.

Lufsen verkar bli lite rädd för Ove.
Ove lägger armarna i kors och stirrar på honom.
Lufsen tittar på sin fru för att få stöd.
Det får han inte.
Hon lägger också armarna i kors och stirrar.

Lufsen tar några steg baklänges
mot den fastkörda Toyotan.
Han ler osäkert mot Ove och kvinnan.
- Kanske bäst att jag försöker igen, mumlar han.

Ove och kvinnan säger ingenting.
De tittar på medan lufsen sätter sig i Toyotan
och startar motorn.

Lufsen kör några meter framåt.
Ove ser att han inte rätar upp släpet ordentligt.
Sedan backar lufsen igen.
Rakt in i Oves brevlåda.

Det blir en stor buckla på brevlådan,
och pinnen den sitter på viker sig på mitten.

Ove blir så arg att han kan knappt kan andas.
– Nej nu … säger han.

Han springer fram till Toyotan och sliter upp dörren.

Lufsen ser ledsen ut.
– Sorry! säger han.
Det är svårt att backa med släp.

Ove bankar näven i Toyotans tak
så hårt att lufsen hoppar till.
Han lutar sig in i Toyotan
och säger nära lufsens ansikte:
– Ut ur bilen!

– Va? säger lufsen.

– Ut ur bilen, sa jag!

Lufsen tittar skrämt på Ove.
Han kliver ut ur Toyotan och ställer sig bredvid den.

Ove pekar upp mot cykelförrådet.
– Gå och ställ dig någonstans där, så du inte är i vägen.

Lufsen nickar och lufsar bort.
Äntligen verkar han ha vett att skämmas.

Ove sätter sig vid ratten i Toyotan.
Herregud, tänker han.
En blind människa utan armar
hade kunnat backa det här släpet
bättre än den där lufsen.

Ove kör fram Toyotan så att släpvagnen hamnar rakt.
Så lägger han i backen och rattar in bilen med släpet
mellan sitt hus och kvinnans och lufsens hus.
Helt perfekt på första försöket.

Sedan kliver han ur Toyotan
och kastar bilnycklarna till lufsen.
– En karl som inte kan backa med släp
ska inte ens försöka, säger han.

Lufsen bara nickar glatt tillbaka.
– Tack för hjälpen! ropar han.

Ove säger ingenting.
Han har saker att sköta.
Han går mot sitt hus.
Kvinnan ser inte lika arg ut som förut.
Mer tacksam.
Hennes stora bruna ögon tittar varmt på Ove.
– Tack! säger hon.

– Här kör vi inte bil inne på området, säger Ove.
Det måste ni banne mig förstå.

Han kliver in till sig och smäller igen dörren.
Så sjunker han ner på pallen i hallen
och sitter där en lång stund.

Jädra fruntimmer, tänker han.
Att de inte ens kan läsa skyltar.
Det står ju klart och tydligt att biltrafik är förbjuden.
Alla vet det.

Ove reser sig, tar av sig jackan.
Han tittar på Sonjas alla ytterkläder
som också hänger där i hallen.

Sedan ställer han sig i vardagsrummet igen
och tittar upp i taket.

Nu ska kroken upp.

Han vet inte hur länge han står där.
Han försvinner bort i tankarna.
Flyter i väg som i en dimma.
Tänker på hur livet blev.
Saknar sin fru Sonja.
Glömmer bort vad han ska göra.

Sonja.
Sonja.
Sonja.

***

Plötsligt ringer det på dörren.
Ove rycker till.
Vem kan det vara?
Ska man inte få hänga sig i fred?

Det ringer igen.
Ove sliter upp dörren och säger ilsket:
– Vad är det nu då?

Utanför står ett barn.
En flicka som är kanske fyra år.

Alldeles svarthårig är hon.
Hon har de största bruna ögon Ove har sett.
Ove tycker att hon är lik någon han har träffat,
men kommer inte på vem.

– Jaha? säger Ove.

Flickan sträcker fram en plastburk till Ove.
Han tar motvilligt emot den.
Den känns varm i hans händer.

– Ris! ropar flickan lyckligt.
Med saffran. Och kyckling.

Ove tittar misstänksamt på henne.
– Säljer du något, eller? frågar han.

– Jag BOR här! säger hon.
Mamma sa att du är hungrig.

– Va? säger Ove.

– Mamma sa att du såg hungrig ut, säger flickan.
Så jag skulle ge dig middag.

Ove vet inte vad han ska svara.
Han bara står där med plastburken i handen
och tittar på flickan.
Han har ingen aning om
vem flickan eller hennes mamma är.

– Jag heter Nasanin! säger flickan till slut. Hej då!

Ove tittar efter henne.
Hon springer bort till lufsens
och den gravida kvinnans hus.
Ove ser kvinnan stå i dörren när flickan kommer.
Det är alltså hennes barn.

Nasanin vänder sig om och vinkar glatt åt Ove.
Kvinnan ler åt honom och vinkar hon också.
Ove drar igen dörren.

***

Ove är ensam igen.
Han stirrar på den varma lådan
med kyckling och saffransris.
Så går han till köket och sätter in den i kylen.

Inte för att han kommer hinna äta maten.
Han ska ju hänga sig i dag.
Och han äter inte vad som helst
som främmande ungar kommer springande med.
Men Ove är inte en man som slänger mat.
Han gör bara inte det, det är en princip.
Det lärde Ove sig av sin pappa.

Sin mamma minns Ove knappt.
Hon dog i lungcancer när Ove bara var sju år.
Det enda han kommer ihåg är
att hon brukade sitta i köket och röka.

Ove växte upp med sin pappa.
Han jobbade på järnvägen,
och allt Ove kan har han lärt sig av honom.
Han var en snäll man som inte pratade i onödan.

Oves pappa visste allt om motorer.
Särskilt Saab-motorer.
Han lärde Ove att skruva isär en Saab
och sätta ihop den igen.
Han lärde Ove att en hederlig karl sköter sitt jobb.
Att han inte skvallrar eller ljuger.
Att han inte slåss om han inte måste.
Att han följer regler.
Att han tar hand om sig själv och lämnar andra i fred.
Att han betalar sin skatt och sina räkningar
och inte gnäller som ett fruntimmer.

Oves pappa dog när Ove var 16.
Han blev påkörd av ett tåg
när han jobbade nere på rälsen.
Efter begravningen hade Ove gått till järnvägskontoret
för att hämta ut pappans sista lön.
Men i stället fick han jobb som tågstädare.

– Din pappa var en pålitlig man, hade chefen sagt.
En av de bästa. Jag ser att du är likadan.

Sedan dess har Ove arbetat och klarat sig själv.

***

Ove går tillbaka till vardagsrummet.
Tittar upp i taket.
Funderar över bästa sättet att fästa kroken.
Tänker länge och väl.

Efter ett tag märker han att det blivit mörkt ute.
Hela dagen har gått.
Ove skakar på huvudet.
Det går inte att börja borra när det blivit mörkt,
det fattar ju vem som helst.
Då måste han tända alla lamporna.
Och eftersom Ove ska dö
vet han inte hur länge de kommer att vara tända.
Det kommer på elräkningen.
Och så roligt ska inte elbolaget få det.
Det kan de glömma.

Det får vänta till i morgon.

Vilken dag det har varit.
Att folk inte kan backa med släp längre.
Det är sorgligt, tycker Ove.

Ove packar ihop sin bra-att-ha-låda
och ställer undan den på vinden.
Så går han ner i vardagsrummet och sätter på teven.
Sedan hämtar han matlådan han fick av Nasanin
och äter den i soffan.

Den där kroken får han sätta upp i morgon i stället.
Ove får dö i morgon.
Nu ska han gå och lägga sig.

En man som heter Ove drömmer en lycklig dröm

Ove drömmer sällan.
Han är en man som tycker att drömmar är onödiga.
Det räcker med verkligheten, brukar han tänka.
Drömmar går inte att mäta eller ta på.

Men de gånger Ove drömmer
handlar drömmarna om Sonja.

Den här natten drömmer Ove.

Han drömmer sig tillbaka till en särskild tågvagn.
Den där morgonen när han första gången såg Sonja.

På den tiden jobbade Ove som tågstädare på nätterna.
Klockan var halv sju på morgonen
och Ove hade städat tågvagnar hela natten.
Han hade nyss stigit av tåget
för att gå hem och lägga sig.

Då fick han syn på henne på perrongen.
Hon skulle just kliva på tåget som Ove hade klivit av.
Hon hade brunt hår, blå ögon, röda skor
och ett stort gult hårspänne.
Hon var den finaste Ove hade sett.

Då gick han på tåget igen.
Och så satte han sig bredvid den vackra kvinnan.

Han visste inte varför han gjorde det.
Han förstod inte hur han vågade.
Men hela livet var han glad att han hade gjort det.

Han visste inte vad han skulle säga.
Men det gjorde inget.
Kvinnan vände sig mot honom, log och sa:
– Hej.

– Hej, svarade Ove.

Kvinnan såg att Ove tittade på böckerna
som hon hade i knät.
– Tycker du om att läsa? frågade hon.

Ove skakade på huvudet.

– Jag älskar att läsa! sa hon.

Och så började hon berätta
vad alla hennes böcker handlade om.

Ove lyssnade.
Och han kände att han älskade att lyssna på henne.
Han kände att han ville lyssna på henne
resten av sitt liv.

Hon berättade om annat också.
Att hon hette Sonja.
Att hon studerade till lärare.
Att hon åkte med det här tåget till skolan
varje morgon samma tid.

Då började Ove också göra det varje morgon.
I stället för att gå hem och sova efter nattjobbet
så åkte Ove tåg.
För då fick han sitta bredvid Sonja
och lyssna på hennes fina röst.
Höra henne berätta om allt hon tyckte om.

Det var en och en halv timmes resa åt fel håll för Ove.

Efter några dagar frågade Sonja vad han jobbade med.
Ove vågade inte berätta sanningen:
att han åkte med tåget bara för att få träffa henne.

Så han ljög och sa att han var militär.
Han sa att han gjorde lumpen
i staden där Sonja studerade.

Fast det gjorde han ju inte.
När Sonja hade gått till sin skola
gick Ove till väntrummet på tågstationen.
Där satt han och sov till klockan fem på eftermiddagen.
Då kom Sonja från skolan.
Sedan fick han sitta bredvid henne på tåget
hela vägen tillbaka.

Varje dag i tre månader gjorde Ove samma sak.
Jobbade hela natten med tågstädning.
Åkte tåg med Sonja.
Väntade i väntrummet hela dagen.
Åkte tåg med Sonja.

Men han vågade inte fråga
om de kunde göra något annat tillsammans.
Så till slut frågade Sonja själv.

Det var en fredagskväll.
Sonja skulle just kliva av på sin station hemma.
Hon reste sig från sätet, vände sig mot Ove och sa:
– Jag står här och väntar klockan åtta i morgon kväll.
Då vill jag att du har kavaj på dig.
Du ska ta med mig ut på restaurang.

Och så fick det bli.

Egentligen tyckte inte Ove om restauranger.
Han förstod inte varför man skulle äta ute
när man kunde äta hemma.
Men han ville träffa Sonja.

På restaurangen var det som vanligt mellan dem.
Sonja pratade och Ove lyssnade.
Han älskade att lyssna på henne.

Samtidigt satt han och skämdes.
I tre månader
hade han ljugit för henne om vad han gjorde.
I tre månader hade han låtsats vara militär
för att få vara nära henne.

Det kändes inte bra.
Han ville aldrig mer ljuga för Sonja.

Så när de hade ätit upp
lade Ove pengar för maten på bordet
och berättade allt för Sonja.
Att han hade ljugit.
Att han jobbade som tågstädare.
Att han åkte med tåget varje dag
bara för att få träffa henne.

Sonja lyssnade och tittade på honom.
Det såg ut som om hon var på väg att börja skratta.

När han var färdig trodde Ove
att Sonja aldrig skulle vilja se honom igen.
I stället sträckte hon sig fram över bordet
och lade sin hand i hans hand.
– Jag vet det, Ove, sa hon.
Jag förstod hela tiden att du hittade på.
Jag tycker om dig ändå.

Båda satt tysta en lång stund
och såg varandra i ögonen.
Till slut sa Sonja:
– Är det vi nu då?

– Jo jo, sa Ove.
Det kan väl vara så då.

Sedan dess hade det varit de två.
De hade fått många lyckliga år tillsammans.
Ända fram till den hemska bussolyckan i Spanien.

Men Oves dröm handlar inte om olyckan.
Drömmen hinner inte bli en mardröm.

Den här gången slipper han det.
Det har blivit morgon.
Klockan har blivit kvart i sex.
Och då vaknar Ove alltid av sig själv.

En man som heter Ove hälsar på sin fru

Ove går upp, som vanligt.
Han sätter på kaffe och går sin runda, som vanligt.

Det har börjat bli kallare ute på morgnarna,
märker Ove.
Snart kommer vintern.
Då måste man höja värmen i elementen.
Det gör att elräkningen blir dyrare.
Det gillar inte Ove.

Varje vinter brukade Ove och Sonja
kriga om temperaturen hemma.
Ove tyckte att de skulle vara försiktiga
och bara höja lite grann.
Han tyckte att det gick bra att sätta på sig en extra tröja
och tofflor inne när det blev kallt.
Då sparade man många kronor.

Sonja gillade inte när det blev kallt inne.
Hon brukade skruva på elementen
och höja värmen i smyg.
Ove skruvade ner dem igen.
Så höll de på hela vintrarna.

Ove går runt i villan och kollar
att elementen står på rätt temperatur.
Det gör de.
Det är ingen som har ändrat.

Inte så konstigt.
Ove är ensam i huset.
Sonja finns inte längre.
Hon har varit död i ett halvår.

Men Ove kan inte sluta.
Det är svårt att ändra på något man alltid gjort
på ett visst sätt.

I dag är det extra viktigt
att elkostnaderna inte rusar i väg.
För i dag ska Ove sätta upp kroken i taket.
Kroken som han ska hänga sig i.

Men först ska han hälsa på Sonja på kyrkogården.

Han tar på sig sin vita skjorta och sin blå kostym.
Han vet att Sonja tycker om den kostymen.
Hon brukade säga att han var stilig när han hade den.

Ove tycker egentligen
att det bara är sprättar som har kostym.
Men i dag gör han ett undantag.
Han tycker om att göra Sonja glad.
Han har till och med putsat sina svarta gåbortsskor
och satt på sig dem.

Han promenerar till garaget där Saaben står.
Så sätter han sig i förarsätet
och rättar till backspeglarna.
Han kontrollerar
att radiokanalerna är inställda som de ska.
Det gör Ove varje gång han ska köra bil.

När han kör över parkeringen
möter han kvinnan från grannhuset.
Hon håller flickan Nasanin i handen.
Lufsen går bredvid.
De får syn på Ove och vinkar glatt åt honom alla tre.
Ove vinkar inte tillbaka.

Egentligen borde han stanna och säga åt dem
att de inte ska ha barn rännande på parkeringen.
Barn ska hålla sig i lekparken.
Men han har inte tid att stanna just nu.

I stället kör han ut på stora vägen.

Ove håller alla hastighetsgränser exakt.
Och han tycker att andra bilförare också ska göra det.
Hur skulle det annars se ut?

Efter två kilometer lägger sig en svart Audi väldigt nära
bakom Oves Saab.
För nära.
Ove tittar i backspegeln.
Han ser att föraren är en man med slips
och vita plastsladdar hängande ur öronen.
Säkert en IT-konsult.

Ove signalerar med bromsljusen tre gånger.
Audin svarar med att blinka tre gånger med helljuset.
Den stressade slipsnissen vill köra om.
Han vill att Ove ska köra in till sidan
och inte vara i vägen.

Men det vill inte Ove.
Han tänker inte flytta på sig
bara för att den där slipsnissen har bråttom.

Ove sänker farten.
Audin blinkar igen.
Ove sänker farten ännu mer.
Till slut kör Audin om med ett vrål.
Slipsnissen sträcker upp långfingret åt Ove
när han kör förbi.

Ove skakar på huvudet och ser Audin vråla vidare.

Två minuter senare kommer Ove fram till ett rödljus.
Audin står längst bak i kön.
Ove blinkar åt den med helljuset.
Han ser hur slipsnissen skakar irriterat på huvudet.
Ove nickar nöjt.

Ljuset slår om till grönt.
Kön rör sig inte.
Ove tutar.
Inget händer.

Det är väl något fruntimmer
som har fått stopp på bilen där framme förstås.
Eller ett vägarbete.
Eller en annan Audi.

När trafiken har stått still en stund kliver Ove ur bilen.
Han ställer sig och spejar längs kön
för att se varför den inte rör sig.

Slipsnissen i Audin tutar.
Idiot, tänker Ove.

I samma sekund börjar kön röra sig.
Bilarna framför Oves kör i väg.
Audin vrålar i väg den också.
Ove sätter sig långsamt i Saaben och stänger dörren.
Värst vad bråttom man ska ha då,
tänker han och börjar köra.

Vid nästa rödljus är det stopp igen.
Ove suckar och tittar på klockan.
Han vill inte komma för sent.
Han bestämmer sig för att svänga vänster
och ta en annan väg till köpcentrumet.

Det är en längre väg, så det går åt lite mer bensin.
Det blir lite dyrare att köra den vägen.
Ove gillar inte att slösa pengar.
Samtidigt går den vägen snabbare
när det är mycket bilar i trafiken, som nu.

Ove tycker att det är viktigt att komma
den tid man har bestämt.
Det har han lärt sig av sin pappa.
Ove vill komma i tid till Sonja.
Och först måste han hinna köpa en blomma åt henne.

När Ove närmar sig köpcentrumet
står det väldigt många bilar där.
Det är nästan helt fullt.
Han ser att det bara finns två lediga platser
på hela parkeringen.

Han ser också en annan sak: Audin.
Den kommer från andra hållet i korsningen
där man svänger in till parkeringen.
Det var alltså hit han också skulle,
slipsnissen med plastsladdar i öronen.

Ove förstår att han måste skynda sig.
Han trycker gasen i botten och svänger
så att han hamnar före Audin.
Slipsnissen måste tvärbromsa
för att inte köra in i Oves Saab.
Han tutar och gasar på han också,
lägger sig tätt tätt bakom Ove.

Så är kapplöpningen i gång.
Audin försöker köra om Ove till vänster.
De två männen jagar varandra över asfalten.

Visst skulle Ove kunna vara snäll.
Han skulle kunna ta den ena parkeringsplatsen
och låta Audin ta den andra.

Men då skulle han inte vinna mot slipsnissen.

Ove närmar sig den första lediga platsen.
Då ser han en tredje bil.
Det är en Toyota som kommer från andra hållet.
Ove bromsar in framför parkeringsplatsen.
Ställer sig i vägen för Audin och rör sig inte ur fläcken.

Audin tutar.
Ove står still.
Han ser hur Toyotan närmar sig.

Då förstår slipsnissen Oves plan.
Han tutar igen och försöker tränga sig förbi Oves Saab.
Men det är för sent.
Ove har redan vinkat in Toyotan till parkeringsplatsen.
Och nu kör han in med sin Saab
på den enda lediga plats som finns kvar.

Ove ser slipsnissen köra förbi.
Han ser rasande ut.
Ansiktet är rött som en tomat.

Ove är nöjd.
Där fick slipsnissen i Audin så han teg.
Ove kliver ur bilen och tittar på Toyotan.
– Skit också, mumlar han
när han ser vilka som sitter i den.

Ut ur Toyotan kliver lufsen från grannhuset.
– Tjenare! ropar lufsen och kliver ur framsätet.
– Hej hej! säger kvinnan och kliver ur baksätet
tillsammans med Nasanin.

Det är nästan så att Ove ångrar sig.
Nu kommer de tro att han fixade parkering åt dem
för att vara snäll.
Ove vill inte vara snäll.
Det enda han ville var att vinna
över slipsnissen i Audin.

– Tack för platsen, det var snällt! säger lufsen.

Ove svarar inte.

– Vad heter du? frågar Nasanin.

– Ove, säger Ove.

– Jag heter Nasanin! säger flickan lyckligt.

– Jag vet, säger Ove.

– Jag heter Pat… börjar lufsen säga,
men Ove har redan vänt sig om och börjat gå därifrån.

– Tack för parkeringsplatsen!
ropar kvinnan efter honom.

Ove svarar inte.
Han går in genom köpcentrumets dörrar.
Han hoppas att Toyotafamiljen
inte ska följa efter honom.

Men Ove får vara i fred.

Han går till blomsterbutiken.
Nu ska han köpa en blomma till Sonja.

I blomsterbutiken blir det ”bråk”,
som Sonja brukade kalla det.
Ove kallar det ”diskussion”.

Ove lägger fram en kupong på disken.
På kupongen står det:
”2 blommor för 50 kr.”

Ove ska bara ha en enda blomma.

Om två blommor kostar 50 kronor
borde en blomma kosta 25 kronor.
Eftersom det är hälften av 50.

Tycker Ove.

Det tycker inte butiksbiträdet.
Hon säger att ”2 blommor för 50 kr” gäller
om man köper två blommor.
Inte en.
Köper man bara en blomma kostar den 39 kronor.

Ove håller inte med.
Ove och butiksbiträdet ”diskuterar” ganska länge.
Så länge att butiksbiträdet måste hämta butikschefen.
Så att Ove får ”diskutera” med honom i stället.

Till slut vinner Ove.
Han får köpa sin blomma för 25 kronor.
Ove blir glad.
Rätt ska vara rätt.

Ove är glad tills han tar fram betalkortet
för att betala blomman.
Då pekar butikschefen på en skylt där det står:
”Avgift för kortköp under 50 kr: 3 kr.”

Det betyder att om Ove bara köper en blomma
måste han betala 28 kronor i stället för 25.

Så det blir som det blir.
Nu står Ove framför Sonjas gravsten
och räcker fram två blommor.

– De där tre kronorna kan de bara GLÖMMA,
säger Ove.

Sonja svarar förstås inte.
Hon ligger i sin grav och är död.

Ove saknar henne så fruktansvärt.
Han kommer ofta hit till kyrkogården
för att besöka henne.
– Du är väl sur för att jag inte kom i går som jag lovade,
säger Ove.

Sonja säger ingenting.

– Men hela kvarteret har blivit ett dårhus,
fortsätter Ove.
Fullständigt kaos.
Man kan inte ens sätta upp en krok i fred.
Och inte kan de backa med släp heller.

Sonja svarar inte.
Ove pratar vidare.
– Jag kunde inte sätta upp kroken i mörkret.
Då måste man tända en massa lampor
som ska stå där och kosta pengar.
Det går inte!

Sonja svarar fortfarande inte.
Ove sparkar i jorden.
Han är tyst, letar efter ord.

Till slut säger han:
– Det blir ingen ordning när du inte är hemma.
Det känns inte bra att vara ensam i huset
när du är borta.
Det är inget sätt att leva.

Hon svarar inte på det heller.
Ove håller upp blommorna så att hon ska se dem.
– Sådana där rosa som du gillar.
Persiennplantor.
De sa i affären att de heter ”perenn”,
men jag vet väl för fan vad de heter.

Han är tyst en stund.
– Saffran i riset har de också, säger han sedan.
De nya grannarna alltså.
Vad det nu ska vara bra för.
Det duger väl med kött och potatis och sås.

Nu har Ove inget mer att säga.
Han står kvar en stund
och snurrar på vigselringen på fingret.
Det är ringen han köpte när han och Sonja gifte sig.
Till sist böjer han sig ner,
gräver upp blomman han satte på graven förra veckan
och sätter de nya blommorna i jorden.

– De har höjt elpriset igen, berättar han för Sonja.

Så reser han sig.
Han står med händerna i fickorna
och tittar på Sonjas grav.
Så lägger han handen på gravstenen
och klappar på den.
Som om den var Sonjas kind.

– Jag saknar dig, viskar han.

En man som heter Ove räddar ett kattskrälle

Ove har backat in Saaben i garaget.
Han sitter kvar vid ratten en stund och tänker.

Han vill bara få dö.
Är det för mycket begärt?
Det tycker inte Ove.

Det får räcka nu.
Det har gått ett halvt år sedan Ove blev ensam.
Sex månader sedan Sonja dog.

Egentligen borde han ha begått självmord
alldeles efter hennes begravning.
Men så kunde man ju fan inte göra, hade Ove tänkt då.
Han hade ett jobb att sköta.
Hur skulle det se ut
om folk bara slutade komma till jobbet
och tog livet av sig till höger och vänster?

Det var viktigt att sköta jobbet.
Det hade Oves pappa gjort så länge han levde,
och det hade Ove också gjort.

Vad hade han fått för tack för det?

När Ove var ung ville han bli militär.
Men han fick inte bli det,
för en läkare upptäckte att Ove hade ett litet hjärtfel.
I många år jobbade Ove i stället som tågstädare.

Men när han och Sonja hade träffats
började Ove studera till ingenjör.
Det var Sonja som uppmuntrade honom.
Hon såg hur mycket han älskade ritningar och byggen.

Det gick mycket lättare att studera
än vad Ove hade trott.
Han tog examen,
och sedan fick han jobb på byggkontoret.
Det var där han hade jobbat fram till förra veckan.

Sonja hade dött en fredag.
På söndagen hade det varit begravning.
På måndagen hade Ove gått till jobbet som vanligt.
För det är så man gör
när man är en man som heter Ove.

Man vaknar tidigt och går sin runda.
Man åker till jobbet.
Man kommer hem på kvällen till det tomma huset.
Man äter middag och ser på teve och går och lägger sig.
Sedan är det morgon igen.

Så hade sex månader gått.
Ove hade fortsatt gå till byggkontoret varje dag.
Som han alltid gjort.
Fram till förra veckan, då han plötsligt fick sparken.

Nu har Ove förberett allt.
Han har fört över pengar i förskott
till begravningsbyrån
och bokat grav bredvid Sonja på kyrkogården.

Han har lagt Saabens verkstadsbok
och andra viktiga papper
i ett stort kuvert.
Där ligger också ett brev där det står
hur hans saker ska tas om hand.

Han har släckt alla lampor och betalt alla räkningar.
Huslånet är också betalt.
Ingen kommer att behöva städa upp efter honom.
Han har diskat sin kaffekopp
och sagt upp telefonen och tidningen.

Han är färdig.

Han kliver ur Saaben och låser den.
Han rycker i handtaget tre gånger.
Han går ut ur garaget, stänger garageporten
och rycker i handtaget tre gånger.

Nu ska han gå hem och dö.

Han går förbi cykelförrådet.
Det står en cykel lutad mot väggen
alldeles under förbudsskylten igen.

Precis som i går låser han upp cykelförrådet
och ställer in cykeln bredvid de andra.
Sedan går han ut ur förrådet, låser dörren
och rycker tre gånger i handtaget.

Ove går förbi den andra skylten,
den som förbjuder biltrafik i området.

Skylten är omöjlig att missa.
Det vet Ove.
För det är han som har satt upp den.

Ove är så trött på allt.
Trött på folk som inte kan läsa skyltar och följa regler.
Trött på slipsnissar i Audibilar.
Trött på lufsar som kör fast släpvagnar i Oves rabatt.

Trött på att inte få jobba.
Trött på ensamheten.

Trött på att sakna Sonja.

Nu ska han hem och borra upp sin krok i taket.
Sedan ska han hänga sig.
Då kommer han att slippa allt det där.
Ove längtar.

Han är nästan hemma när han ser
någon stå på gatan utanför hans hus.
Det är det blonda mähät som bor längre ner på gatan.

Ove undrar vad hon sysslar med.
Hon har rosa täckjacka och höga klackar
och hon viftar och ropar mot Oves hus.
Runt henne springer hennes lilla hund.
Den som brukar pissa på Oves stenplattor.

Ove tycker inte om den hunden.
Han är inte ens säker på att det är en hund.
Den liknar mest en vinterkänga med päls och ögon.

Det blonda mähät ropar och viftar.
Vinterkängan skäller som en tok.

Nu ser Ove att hon inte viftar.
Hon kastar stenar mot Oves hus.

Nej, det är inte mot huset hon kastar stenarna.
Det är mot katten.
Den sitter upptryckt i hörnet bakom Oves förråd.
Den har blodfläckar i pälsen.

Vinterkängan morrar och visar tänderna.
Katten fräser tillbaka.

– Fräs inte åt min hund! vrålar mähät.

Hon plockar upp en ny sten
och slänger den mot katten.
Katten hoppar undan.
Stenen träffar fönsterblecket på förrådet.

Det blonda mähät plockar upp en ny sten
och gör sig redo att kasta.
Ove smyger fram bakom henne.
Han väser:
– Kastar du en sten till in på min tomt
så kastar jag in dig på din tomt!

Hon snor runt.
Deras blickar möts.

– Det där kräket rev min hund! säger hon argt.

Ove tittar på vinterkängan.
Den morrar åt honom.
Ove tittar på katten.
Den sitter trasig och blödande i hörnet vid hans hus.

– Katten blöder. Så det verkar ha slutat oavgjort, säger Ove.

– Jag ska döda kattkräket! säger det blonda mähät.

– Nej, det ska du inte, säger Ove lugnt.

– Den är säkert full av äckliga sjukdomar! säger mähät.

– Det är säkert du också, säger Ove.
Men ingen kastar sten på dig för det.

Mähät ser så arg ut att Ove tror att hon ska sprängas.

Ove pekar på vinterkängan.
– Den där ska ha koppel inne i bostadsområdet, säger han.

– Och den där då? skriker mähät och pekar på katten.

– Den ska du skita i, säger Ove.

– Tror du att du äger gatan? säger mähät.

Vinterkängan morrar.
Ove tittar på den.

– Om det där fanskapet pissar på mina stenplattor igen
gör jag en elektrisk fälla, säger Ove lugnt.
Då får den en stöt nästa gång det händer.

Mähät ser ut att vara på väg att sprängas igen.
– Kom nu, Prins! säger hon till slut.

Så struttar hon och vinterkängan i väg längs gatan.

Ove ser skvättar av hundpiss i hörnet av rabatten.
Det luktar starkt av urin.
Synd att han är upptagen med viktigare saker.
Annars hade han gått hem till mähät
och gjort en hallmatta av vinterkängan.

Ove går in i förrådet och plockar fram sin borrmaskin.
När han kommer ut igen
sitter katten och tittar på honom.
– Du kan gå nu, säger Ove åt den.

Katten rör sig inte.

– Hörru! säger Ove. Jag är inte din kompis!

Katten sitter kvar.
Ove vet inte vad han ska göra.

– Ditt kattskrälle, säger Ove.
Att jag hjälper dig när folk kastar sten på dig
betyder inte att vi är vänner.

Ove pekar mot gångvägen.
– Försvinn nu. Var glad att du lever.

Katten slickar sig lugnt över pälsen.
Den tittar på Ove, reser sig långsamt
och tassar i väg runt hörnet på förrådet.

Ove pustar ut.
Så går han rakt in i sitt hus och smäller igen dörren.

Nu får det faktiskt vara nog.
Nu ska Ove dö.

En man som heter Ove försöker dö i fred

Ove lägger ut byggplast på golvet i vardagsrummet.
Han vet att det kommer att bli ett jäkla spring här
när han är borta.

Först ska ambulansmännen komma in
och bära ut Oves döda kropp.
Sedan kommer mäklarna som ska sälja huset.
Med sig har de kunder
som är intresserade av att köpa Oves hus.

Kunderna ska inte få ränna omkring här med skorna på
och repa Oves golv. Det ska de ha klart för sig.

Ove ställer pallen mitt på golvet.
Pallen är täckt med färgfläckar.
Många olika färger.

Han brukade stå på den när han målade om i huset.
Det fick han göra nästan en gång i halvåret.
Det var Sonja som ville att han skulle göra det.

Gud vad han saknar henne.

Ove bestämmer var han ska sätta kroken.
Sedan hämtar han ett måttband och mäter
så att hålet ska hamna precis mitt i taket.
Det får inte bli snett.
Det skulle se konstigt ut.

Sedan väljer han ut rätt bits till borrmaskinen.
Det är det viktigaste.
Att använda rätt bits till rätt sak.
Hålet han borrar måste hålla för kroken.

Så kliver han upp på pallen och borrar sitt hål.
Exakt lagom djupt.
Exakt mitt i taket.

Så kliver han ner från pallen.
Han ser till att byggplasten ligger som den ska.
Sedan låser han upp ytterdörren.
Då behöver de inte bryta sönder den
när de kommer för att hämta honom.

Det är en bra dörr.
Kommer att hålla i många år till.

Han tar på sig kavajen och känner efter
att kuvertet med viktiga papper ligger i innerfickan.

Till sist vänder han på fotot av Sonja
som står i fönsterkarmen.
Ove vill inte att hon ska behöva se när han dör.

Så hämtar han kroken och kliver upp på pallen.
Precis när han börjar skruva i kroken
ringer det på dörren.

Först tror Ove att han hört fel. Men så ringer det igen.
Ove bestämmer sig för att strunta i det.
Han skruvar vidare.

Tredje gången det ringer blir Ove förbannad.
Ska det vara så svårt att få lite lugn och ro?
Han kliver ner från pallen, stegar över byggplasten
och öppnar ytterdörren.
– Jaha? säger han.

Det är lufsen och den gravida kvinnan
som står utanför.
– Hej! säger kvinnan glatt. Det här är till dig.

Hon sätter en blå plastlåda i händerna på Ove.

– Det är kakor! säger hon.

Ove nickar sakta.

– Vad finklädd du är, fortsätter kvinnan.

Ove nickar igen.
De står tysta alla tre en stund och tittar på varandra.

Till slut pekar lufsen på lådan och säger:
– Hon är från Iran, vet du.
Folk därifrån tar alltid med sig mat överallt.

Ove stirrar på honom.

Lufsen vet inte riktigt vart han ska ta vägen.
– Du vet … det är därför jag funkar så bra med iranier.
De gillar att laga mat, och jag gillar att … äta.

Ove vänder sig mot kvinnan.
– Jaha? säger han igen. Vad vill ni?

– Vi vill bara presentera oss.
Vi är nya grannar, säger hon.

– Det har jag fattat, säger Ove.
Hej hej. Jag heter Ove.

Han försöker dra igen dörren.
Kvinnan hejdar honom med armen.
– Och så vill vi tacka för att du backade in släpet.
Det var väldigt snällt!

– Borde inte vara något att tacka för, säger Ove surt.

– Jo, det var jättesnällt, säger kvinnan.

– Jag menar att det inte är något att tacka för
eftersom en vuxen karl
borde kunna backa med släp själv.

Ove försöker stänga dörren igen.

– Jag heter Parvaneh! säger kvinnan
och stoppar dörren med foten.

Ove stirrar på foten, sedan på Parvanehs ansikte.

– Jag heter Patrick! säger lufsen.

Ove är tyst.

– Är du alltid så här otrevlig? undrar Parvaneh.

– Jag är för fan inte otrevlig, säger Ove.

– Du är lite otrevlig.

– Är jag ju inte!

Ove tittar på kakburken i sin hand.
– Jaha. Arabiska kakor, säger han.
Ska det vara något det?

– Persiska kakor, säger Parvaneh.

– Va? säger Ove.

– Jag är från Iran. Då är man pers.

– Du är en pärs?

– Ja.

– Ja, det är det minsta man kan säga, säger Ove.

Parvaneh skrattar.
Det är ett stökigt och bubbligt skratt
som gör Ove förvånad.
Så förvånad att han tar ett steg bakåt
och fastnar i tejpen som håller fast byggplasten.
När han försöker skaka den av sig
river han upp hörnet av byggplasten.

När han försöker ruska av sig tejpen och byggplasten
snubblar han bakåt och river med sig ännu mer plast.

Till slut får han tillbaka balansen.
Han tar tag i dörrhandtaget
och försöker byta samtalsämne.
Han frågar lufsen:
– Och vad är du då?

– Jag är IT-konsult! svarar lufsen.

Ove skakar på huvudet.
Han avskyr IT-konsulter.
I ögonvrån ser han
att Parvaneh också skakar på huvudet.
Det får honom att tycka lite mindre illa om henne.
Nästan bra, faktiskt.

Lufsen pekar på borrmaskinen som Ove har i handen.
– Vad gör du? frågar han.

– Jag borrar, svarar Ove.

– Det fattar du väl att han borrar
när han har en borrmaskin, säger Parvaneh.

– Åh, säger lufsen och nickar.

Han lutar sig in genom dörren
och tittar på byggplasten på golvet.

– Det ser nästan ut
som om du ska mörda någon här inne, skojar han.

Varken Ove eller Parvaneh skrattar.

– Vill ni något mer? säger Ove.
Jag har saker att sköta.

Parvaneh tittar på lufsen
och stöter till honom i sidan med armbågen.
Hon vill visst att han ska säga något.
Lufsen harklar sig:
– Ja, alltså, egentligen kom vi
för att vi vill låna lite grejer ...

– Vadå för grejer? undrar Ove.

– En stege. Och en insektsnyckel.

– Du menar en insexnyckel?

Parvaneh nickar.
Lufsen ser frågande ut.
– Insektsnyckel heter det väl?

– Insexnyckel, säger Ove och Parvaneh samtidigt.

Parvaneh ser glad ut och knuffar på lufsen.
– Jag sa ju att det heter det!
Men du bara: ”Nääääe, det heter insektsnyckel!”

Lufsen ser ledsen ut.
– Jag sa det inte med den där rösten i alla fall, säger han.

– Gjorde du ju!

– Gjorde jag ju inte!

– Gjorde du JU!

– Gjorde jag ju INTE!

Ove står med borrmaskinen i handen
och stirrar på det grälande paret.
De uppför sig som två små barn.

– Gjorde du visst, säger en.

– Säger du ja, säger den andra.

– Säger alla!

– Alla har inte alltid rätt!

– Ska vi googla eller?

– Visst! Googla det!

– Ge mig din telefon då!

– Använd din egen telefon!

Ove tittar på den ena.
Sedan på den andra.
Bråket bara fortsätter.
– Herregud, säger han.

Han hänger av sig kavajen, sätter på sig träskorna
och går förbi Parvaneh och lufsen ut till förrådet.
Där hämtar han fram stegen.

Parvaneh och lufsen blir tysta.
De tittar på Ove,
som lägger stegen på gräset framför lufsen.
Så går han tillbaka in i förrådet och hämtar en burk.
I den finns insexnycklar i olika storlekar.
Han räcker fram burken till lufsen.

– Oj, vad många, säger lufsen.

– Vilken storlek behöver du? frågar Ove.

Det syns att lufsen inte har en aning.
– Den … vanliga storleken?

Ove tittar på lufsen väldigt, väldigt länge.
– Vad ska du ha insexnyckeln till?

– Sätta ihop en byrå från Ikea.
Jag tappade bort insektsnyckeln som följde med.

– Och vad ska du ha stegen till? frågar Ove.

– Fönstret på andra våningen har fastnat
och går inte att öppna.

– Så du ska resa stegen och försöka öppna det utifrån?

– Ja.

Ove suckar.
De här människorna behöver verkligen hjälp.

– En sak till, säger Parvaneh.
Elementen hemma hos oss är trasiga.
Har du något verktyg till dem
som vi skulle kunna låna?

– Har ni provat att lufta dem? frågar Ove.

– Vad är det? frågar lufsen. Hur gör man då?

Ove svarar inte.
Han går och ställer sig i dörröppningen igen.
Det får räcka nu.
Kan de inte bara låta honom vara
så att han får dö i fred?

– Ove! ryter Parvaneh åt honom.
Hon låter som en gammal skolfröken.
– Sluta vara så otrevlig, Ove.

– Jag är för fan inte otrevlig! säger Ove.

– Jo. Det är du faktiskt,
säger Parvaneh och stirrar på honom.

Ove sticker händerna i fickorna.
Han sparkar på den lösa byggplasten på golvet.
– Har ni aldrig luftat ett element förr?
frågar han till slut.

– Nej, svarar Parvaneh.

– Nej, säger lufsen också, jag är IT-konsult!

Både Ove och Parvaneh lägger armarna i kors
och blänger på honom.

Lufsen vet inte vad han ska säga.
Han ser sig om efter något att prata om.
Plötsligt får han syn på något.
Han pekar på golvet innanför dörren
där byggplasten är bortriven.
– Vad är det där? säger han.

– Vadå? säger Ove.

– Det ser ut som däckspår på golvet.
Brukar du cykla inomhus?

Ove ställer sig för så att lufsen inte ska kunna se.
– Det är inget, säger Ove.

– Men jag ser ju att ... börjar lufsen.

Ove avbryter honom:
– Nu räcker det! Nu håller du KÄFT!

Lufsen och Parvaneh tystnar.
Ove smäller igen dörren.
Hans händer skakar där han står ensam i hallen.

Han hör lufsen fråga Parvaneh där ute:
– Varför blev han så arg?

Ove vet inte själv varför frågan gjorde honom så arg.
Han vet bara att han inte gillar
när främlingar kommer och snokar.
Främlingar som inte ens kan backa med släp.

Däckspåren är från Sonjas rullstol.
Ove har ingen lust att prata om det.
Han vill inte tänka på den hemska olyckan
som gjorde att hennes ben blev förlamade.
Han vill inte tänka på sorgen.

Han hör grannarnas steg när de går därifrån.
Kvar finns bara tystnaden i Oves hall.
Han sätter sig på pallen och andas tungt.
Händerna skakar fortfarande.
Bröstet bankar.

Det bankar ofta i hans bröst nu för tiden.
Bankar och gör ont.
Då måste han kippa efter luft
och sätta sig ner tills det går över.
Läkaren på jobbet sa att det var hjärtat.
Något medfött.

– Skönt för dig att gå hem och vila nu,
hade cheferna på jobbet sagt.
Du som har vajsing på hjärtat och allt.

De kallade det förtidspensionering.
Efter alla år på samma jobb tvingade de Ove att sluta
bara för lite ”vajsing”.

Ove sitter länge på pallen med hjärtat bultande
och borrmaskinen i handen.
Ett inramat foto hänger på väggen bredvid ytterdörren.
Det är en bild på Ove och Sonja.
Bilden är nästan 30 år gammal.

Den är från när de var i Spanien på bussresa.
Sonja är solbränd och har en röd klänning på sig.
Hon ser lycklig ut på bilden.
Det gör Ove också.
Han står bredvid och håller henne i handen.

Sonja.
Ove saknar henne så fruktansvärt.
Det där saknar han nästan mest av allt.
Att hålla henne i handen.
Hon hade ett sätt att vika in fingret i hans handflata
och gömma det där.

Ove saknar att känna hennes finger i sin hand.

Han reser sig sakta.
Går in i vardagsrummet.
Kliver upp på trappstegen.
Skruvar i kroken ordentligt så att den sitter fast.

Kliver ner från trappstegen igen
och kontrollerar resultatet.

Han går in i hallen och sätter på sig kavajen.
Känner efter att kuvertet ligger kvar i innerfickan.
Han har släckt alla lampor.
Han har diskat sin kaffekopp.
Han har satt upp en krok i sitt vardagsrum.

Ove är färdig.
Han är 59 år gammal och han är redo att dö.

Han tar ner repet från hängaren i hallen.
Stryker med handen över Sonjas kappor i hallen.

Så går han in i vardagsrummet.
Han slår repet i en snara över kroken.
Klättrar upp på pallen.
Sticker in sitt huvud i snaran.
Sparkar undan pallen.

Snaran sluter sig runt hans hals.
Nu ska Ove dö.
Äntligen.

En man som heter Ove tänker tusen tankar

Det sägs att hjärnan arbetar snabbare
när man är på väg att dö.
Att man hinner tänka tusen tankar på en sekund.

Så Ove hinner tänka en hel del
från det att han sparkar undan pallen.

Han minns sin barndom.
Han minns allt han lärt sig av sin pappa.
Han minns alla Saabar han ägt.
Han minns sitt liv med Sonja.
Han minns varenda dag på jobbet.

Men det tar bara en sekund.
För efter den sekunden landar han sprattlande
i en hög på golvet.

Inte alls död.
Inte det minsta.

Sedan ligger han hjälplös på rygg och tittar på kroken.
Den sitter fortfarande säkert i taket.
Han tittar på repet.
Det har gått rakt av i två långa stumpar.

Det här samhället alltså, tänker Ove.
Kan de inte ens göra rep som håller längre?

Han svär högt och försöker
trassla ut sina ben ur varandra.
Hur kan de misslyckas med att tillverka REP?
Va?

Nej, det är ingen kvalitet på någonting längre,
tänker Ove och reser sig upp.

Han borstar av sig och ser sig omkring.
Han har en konstig känsla i kroppen.
Han vet inte om han är arg eller om han skäms.

Det är för fan typiskt att det inte ska gå att dö
på ett vettigt sätt.
Han plockar upp repet från golvet
och slänger det i soppåsen i köket.
Han viker ihop byggplasten
och bär ut den och borrmaskinen till förrådet.

Vad ska han göra nu då?
Han har inget mer rep.
Affärerna har stängt.
Och han vet ändå inte
var han kan köpa en sort som håller.

Ove står tyst en stund i förrådet.
Han avskyr att inte ha någonting att göra.
Avskyr att ingen behöver honom.

Han får ta livet av sig i morgon i stället.

Men det tjänar inget till att stå här och såsa.
Bättre att göra lite nytta.

Ove plockar fram en vattenhink
och en liten skiftnyckel.
Han tar med sig sakerna ut, låser förrådet
och rycker tre gånger i handtaget.
Promenerar till huset bredvid och ringer på.

Ove hör röster där inne, men ingen öppnar.
De kanske inte hör signalen.
Är de döva, eller?
Han ringer på igen, håller in knappen lite längre.

Snart öppnas dörren.
Där innanför står Parvaneh.
Hon verkar bli förvånad när hon ser att det är Ove.

Ove håller upp hinken och skiftnyckeln framför henne.
– Jaha, muttrar han. Var har ni elementen då?

Parvaneh förstår ingenting.

Ove blir irriterad.
– Men släpp in mig då, människa,
så jag kan lufta era element någon gång!

Parvaneh kliver åt sidan och släpper in honom.
Hon är så förvånad att hon inte vet vad hon ska säga.

– Den här skitdagen är ju ändå förstörd, säger Ove,
sparkar av sig skorna och sätter i gång.

En man som heter Ove och en katt som inte lämnar honom i fred

Det är nästa morgon, och Ove lever fortfarande.
Klockan är kvart i sex.
Han är på väg ut för att gå sin runda.
Det är kallt ute, Ove har sin blå jacka på sig.
Det snöar över radhusen.
Det har snöat hela natten,
ett tjockt snötäcke ligger över området.

I snön utanför dörren sitter katten.
Som om den väntat där på honom hela natten.
Ove drar igen dörren hårt för att skrämma bort den.
Men den bara sitter där och slickar sig på magen.

Ove ställer sig bredbent framför den
och sätter händerna i sidorna.
Katten tittar stöddigt på honom.
Ove schasar åt den med händerna.
Katten rör sig inte ur fläcken.

– Det här är privat mark! säger Ove.

Katten sitter stilla.
Ove blir irriterad
och sparkar i väg sin ena träsko mot den.
Träskon missar med ett par meter, studsar mot förrådet
och landar i snön.

Katten tittar först på träskon, sedan på Ove.
Den ser inte alls rädd ut.
Men till sist reser den sig och går i väg.

Ove kliver i strumplästen genom snön
för att hämta träskon.
Sedan går han sin runda.
Vandalerna ska inte få härja fritt
bara för att Ove ska dö i dag.

Han skriver upp bilnummer,
flyttar cyklar, kollar soprummet
och rycker tre gånger i alla handtag.

Sedan går han in i förrådet och hämtar snöskyffeln.
När han kommer ut sitter katten utanför hans hus igen.
Det droppar smält snö från pälsen.

Eller det lilla som är kvar av pälsen.
Det är mer fläckar utan päls, än fläckar med päls
på det där djuret.
Ett långt ärr över ena ögat och ner på nosen
har den också.

Man brukar säga att katter har nio liv.
Den här katten har kanske inte många liv kvar.
Den är nog inne på sitt sjunde eller åttonde.

– Ge dig av, säger Ove till katten.
Här kan du inte sitta.

Katten tittar på honom utan att röra sig.
Ove tar sats med snöskyffeln
och skottar en liten snödriva mot den.
Katten hoppar undan.
Den spottar snö ur munnen.
Sedan vänder den sig om
och tassar runt hörnet på Oves förråd.

Ove sätter snöskyffeln i marken.
Så börjar han skotta.
Det tar honom 15 minuter att skotta rent gången
mellan huset och förrådet.
När han är färdig står han och lutar sig
mot snöskyffeln en stund.
Han ser solen gå upp över husen.

Nu är han bättre förberedd på att dö.
Han låg vaken flera timmar och funderade.
Att hänga sig funkade inte.
Repen nu för tiden är för dåliga.
I stället har han hittat på ett annat sätt.

Han ställer tillbaka snöskyffeln, går in i huset
och sätter på sig den blå kostymen.
Den kan bli flackig efter det här, men så får det vara.
Ove vill vara finklädd när han ska träffa Sonja igen.

Han äter frukost och lyssnar på radion.
Han diskar och torkar av bänkskivan.
Så går han runt i huset och stänger av alla element,
släcker alla lampor
och kollar att sladden till kaffebryggaren är utdragen.

Han går in i förrådet och kommer ut med
en lång hoprullad plastslang.

Han låser förrådet, rycker tre gånger i handtaget
och går ut på den lilla vägen mellan husen.
Det blonda mähät står på gatan.
Vinterkängan får syn på Ove
och börjar skälla hysteriskt.
Mähät hånflinar mot Ove när han går förbi.
Ove stirrar på henne.
Hon stirrar tillbaka.
Ove går vidare.

– Tjenare, Ove! hörs plötsligt lufsen ropa från sitt hus.

Ove ser en stege stå lutad mot fasaden.
Det är Oves stege.
Hoppas att lufsen kommer ihåg att lämna tillbaka den
när Ove är död.
Men det ska man väl inte räkna med.

Lufsen håller en platt matkniv i handen.
Oves stege står snett nedkörd i en stor snödriva.
Ove förstår att lufsen ska klättra upp på stegen
och använda matkniven för att försöka
bända upp fönstret som fastnat.
Ove undrar hur det kommer att sluta.

Men det spelar ingen roll.
Nu ska Ove få dö till sist.

Ove låser upp sitt garage och går in till Saaben.
Nu ska det göras.

Han hoppas att lacken på Saaben inte ska bli skadad
när han gör det.
Det kommer den nog bli, men det är som det är.

Han sparkar på däcken.
De är rejäla och bra.
Kommer hålla åtminstone tre vintrar till.

Innan han stänger garageporten
tittar han en sista gång ut på parkeringen.

Kattskrället syns ingenstans.
Synd.
Ove skulle gärna vilja veta hur det är med den.
Att den har klarat sig och så.

Han stänger garageporten.
Han sätter sig vid ratten och startar motorn.
Han vevar ner rutan några centimeter.
Han går ut ur bilen
och fäster plastslangen på avgasröret.
Han ser hur avgaserna bubblar ut
i den lösa änden av slangen.
Han tar den lösa änden och sticker in den
genom den lilla öppna fönsterspringan.
Sätter sig i framsätet igen.

Lutar sig bakåt i stolen.
Blundar.
Väntar på döden.

Ove ska dö av förgiftning.
Om man andas in tillräckligt mycket avgaser
blir man förgiftad och dör.
Det är ett enkelt sätt att begå självmord.
Men det tar en stund.

Medan avgaserna fyller bilen minns Ove
den lyckligaste tiden i sitt liv.
Det som sedan blev den hemskaste tiden.

Det var sommar.
Ove och Sonja var på semester i Spanien.
De bodde på ett hotell med en liten pool
och en mysig restaurang.

Sonja var gravid.
Hon och Ove skulle bli föräldrar.
Det var en vecka av sol och kärlek.

Ove minns särskilt en sak.
Det var när veckan var slut och de hade rest hem.
Flygturen hade gått bra.
De satt i bussen på väg från flygplatsen.
Plötsligt tog Sonja Oves hand och lade den på sin mage.

Det var då Ove kände sitt barn sparka
för första gången.
Det var som om någon petade på hans handflata
genom en tjock grytvante.

Då förstod Ove att det var verkligt.
Det fanns någon där inne i Sonjas mage.

En människa.
Ett barn.
Ove skulle bli pappa.
Sonja skulle bli mamma.
Det var fantastiskt.

Det var första gången Ove kände sitt barn.
Det var också enda gången.

Ove satt länge med handen på Sonjas mage.
Sonja blundade och log.
Barnet sparkade.
Ove kände sig helt och hållet lycklig.

Efter en lång stund måste Ove gå på toaletten.
Han tog bort handen från Sonjas mage,
reste sig från sätet och gick nerför gången.

Det var då det hände.
Bussen krängde till.
Den skrapade mot mitträcket på motorvägen.
Sedan hördes en explosion av glassplitter.
Ljudet av plåt som gnisslande vek sig.
Folk som skrek.
Ove slungades runt och landade på magen.
Bussen välte.
Sedan svimmade Ove.

Han vaknade flera timmar senare på ett sjukhus.
En läkare stod vid hans säng.
Läkaren berättade att busschauffören hade varit full
när han körde.

Det var därför han hade förlorat kontrollen över bussen
så att den välte.
Många av passagerarna var allvarligt skadade.
Men Ove hade haft tur.
Han var inte farligt skadad.

Det var värre med Sonja.
Hon låg också på sjukhuset.
Just nu sov hon, men snart skulle hon vakna.

Olyckan hade gjort henne förlamad i benen.
Hon skulle aldrig mer kunna gå.
Hon skulle behöva sitta i rullstol resten av livet.

Sedan berättade läkaren det allra värsta.
Barnet i Sonjas mage levde inte längre.
Det hade dött i olyckan.
Och Sonjas skador gjorde att hon aldrig
skulle kunna bli gravid igen.

Ove och Sonja hade förlorat sitt barn.

När Sonja sedan vaknade
satt Ove vid kanten av sjukhussängen.
Han berättade för henne om olyckan.
Om den fulla busschauffören.
Om hur bussen hade kraschat in i mitträcket.

Om rullstolen.
Om barnet som inte skulle komma.

Sonja grät.
I flera dagar grät hon.
Det var en gråt som trasade sönder dem båda.
Det kändes som om de aldrig
skulle kunna vara glada igen.

Det var en sorg som stannade med dem
när de kom hem från sjukhuset.
När Ove byggde om hemma
så att Sonja skulle kunna ta sig fram med rullstolen.
Sorgen över barnet följde dem i alla år.

Sonja klarade ändå livet bra i rullstol.
Hon fortsatte jobba som lärare.

Men så, för fyra år sedan, fick hon cancer.

För sex månader sedan dog Sonja
och Ove vill inte vara ensam med sorgen mer.
Han vill till Sonja.

Snart är han där.
Saaben är full med avgaser nu.
Några minuter till bara.

En man som heter Ove och en kvinna utan körkort

Luften har blivit svårare att andas.
Ove känner sig tung i huvudet.
Han börjar bli förgiftad.
Snart är det över.

Då hör Ove hur det bankar på garageporten.
Han låtsas inte om det.

Han tittar på sig själv i backspegeln.
Kanske borde han ha tagit slipsen på sig?
Sonja tyckte om när han hade slips.

Hoppas hon blir glad när han kommer.
Hoppas att hon tycker lika mycket om honom
som hon gjorde förr.
Trots att han inte har något jobb.
Trots att ingen behöver honom längre.

Det bankar hårt på garageporten igen.
Ove stirrar surt på den.
Det bankar igen.
Och nu tycker Ove att det faktiskt får räcka.

– Nu får det faktiskt räcka,
ryter han och öppnar bildörren.

Det går så hastigt
att plastslangen lossnar ur fönsterspringan
och faller på golvet.

Avgaserna forsar ut åt alla håll.

– Vad är det frågan om? ryter Ove
och drar upp garageporten med en hård knyck.

Det är Parvaneh som står där utanför.
Hon får porten rätt i ansiktet.

Hon tar sig om näsan.
Avgaserna väller ut i ett tjockt moln.
Röken lägger halva parkeringen
i en illaluktande dimma.

– Du … du får ju för fa… du får ju för fan
akta när man öppnar, hostar Ove.

– Vad håller du på med? hostar Parvaneh tillbaka.

Hon tittar på Saaben.
Den står med motorn i gång och spyr ut avgaser
genom plastslangen på golvet.

– Ingenting, hostar Ove och vill stänga porten igen.

Det rinner blod ur Parvanehs näsa.
– Jag behöver skjuts till sjukhuset, säger hon.

– Nu får du skärpa dig! svarar Ove.
Det där är bara lite näsblod.

Parvaneh säger något som låter
som en persisk svordom.

Sedan säger hon:
– Inte för näsblodet! Det är Patrick.
Han har trillat ner från stegen.

– Vem är Patrick? frågar Ove.

– Min man, säger Parvaneh.

– Du menar lufsen? säger Ove.

Parvaneh nickar.
– Just han, ja. Han trillade ner från stegen
när han skulle öppna fönstret.

– Det kunde man ge sig fan på, säger Ove.
Upp där och vingla med en matkniv ...
Men kan du inte köra själv, då?

Parvaneh skakar på huvudet.
– Jag har inget körkort,
säger hon och torkar blod från läpparna.

– Vadå inget körkort? undrar Ove.

Ove är en man som tycker att det är jättekonstigt.

– Jag har inget körkort bara, vad är problemet?

– Hur gammal är du egentligen? frågar Ove.

– Trettio, säger Parvaneh.

– TRETTIO?!? Och har inget körkort?!?
Är det något fel på dig?

Parvaneh knäpper med fingrarna framför Ove
för att få honom att lyssna.
– Snälla Ove, kör oss bara till sjukhuset nu!

Ove blir sur.
– Du får väl ringa en ambulans.
Inte mitt fel att din man inte kan fixa ett fönster
utan att slå sig fördärvad.

– Det har jag redan gjort! säger Parvaneh.
De har redan kört honom till sjukhuset.
Men det fanns inte plats för mig i ambulansen.
Och alla taxibilar är upptagna,
för bussarna har kört fast i snön.

Det rinner blod längs ena kinden på henne.
Ove biter ihop käkarna så hårt att han gnisslar tänder.

– Bussar kan man inte lita på, säger han lågt.
Det är bara fyllon som kör dem.

– Då så, säger Parvaneh. Då måste du köra oss.
Skynda nu.

– Vilka oss? undrar Ove.
Patrick är ju redan på sjukhuset?

– Jag har inte tid att tjafsa, säger Parvaneh
och pekar på avgasslangen
som ligger och spyr ut rök på golvet.

– Fixa till det där så går jag och hämtar Nasanin.

– Jag vill inte ha en UNGE i Saaben!
skriker Ove efter Parvaneh, men hon svarar inte.

Fan också, tänker Ove.
Att det inte ska gå att ta livet av sig
utan att folk ramlar ner från en stege.
Det finns bara en sak att göra.

Ove går fram och petar bort slangen
från avgasröret på Saaben.
Lägger några gamla tidningar på sätena
så att ungen inte kan smutsa ner Saaben.
Sätter sig i bilen.
Rullar ut på parkeringen och väntar på Parvaneh.

Om jag hjälper henne nu kanske jag slipper senare,
tänker Ove.
Då kanske jag får avsluta det jag börjat med.

En man som heter Ove och en clown som heter Beppo

Resan till sjukhuset går bra.
Trots att det luktar avgaser i hela bilen
så att de måste ha alla rutorna nedvevade.
Det tycker Nasanin bara är spännande.

Nasanin tycker också att det är spännande
att Ove grälar med vakten på sjukhusparkeringen.

Ove förstår inte varför han måste betala för parkering
utanför ett sjukhus.
Han skäller ut parkeringsvakten.
Parkeringsvakten kan inte hjälpa att det kostar pengar.
Men efter att Ove vrålat "låtsas-polis" åt henne
så ändrar hon på reglerna.

Åtminstone för Ove.
Han slipper betala.

Till slut går Ove, Parvaneh och Nasanin
in genom sjukhusdörrarna.

Runtomkring dem finns glasväggar och bänkar
som luktar rengöringsmedel.
Personal i vita kläder och foppatofflor ilar fram.
Gamla människor med rollatorer
rör sig långsamt genom korridorerna.

Parvaneh pekar på en soffa där de kan vänta.
– Sitt still här nu är du snäll, säger hon till Nasanin.

Nasanin nickar.

Ove har vänt sig om och är på väg att gå.
Parvaneh stoppar honom.
– Vänta, säger hon.

Ove stannar.
Parvaneh vänder sig till Nasanin och säger:
– Jag ska gå och se efter hur pappa mår.
Sitter du fint här med farbror Ove en stund?

– Jaaa! ropar Nasanin glatt.

– Va??? säger Ove. Vadå ”med farbror Ove”?

– Du får sitta här och passa henne, säger Parvaneh.

Det sista Ove vill är att sitta i sjukhuskorridoren
och passa en snorunge.
Men något i Parvanehs röst får honom att lyda.

Parvaneh försvinner bort i korridoren.
Ove vänder sig mot Nasanin.
Han vet inte vad han ska säga.
Vad pratar man med små barn om?
De vet väl ingenting om viktiga saker,
som verktyg och bilar från Saab.

Men det verkar som om Ove inte behöver småprata.

– BOK! skriker Nasanin
och rusar mot hörnet av väntrummet.

Där ligger massvis av leksaker, mjukisdjur
och bilderböcker.

– Jag trodde det här var ett sjukhus, säger Ove.
Inte en jävla lekstuga.

– Du svorde! ropar Nasanin
och sätter en bok i Oves händer.
– Läs! säger hon.

Så hoppar hon upp i Oves knä.
Ove känner sig matt.
Han vill inte läsa någon barnbok för en fyraåring.
Men han har lovat Parvaneh att passa Nasanin.

Han slår upp boken på första sidan.
– Det var en gång ett litet tåg, läser han.

Det är den enda text som står på sidan,
så Ove vänder blad.
Nasanin vänder tillbaka.

– Vad gör du? säger Ove och vänder blad.

Nasanin vänder tillbaka igen.

– Du måste berätta vad som händer på sidan, säger hon.
Och göra röster.

– Vadå för jävla röster? frågar Ove. Det är ett tåg!

– Du svorde!

– Vadå för röster? säger Ove.

– Sagoröster, säger Nasanin. Prata som ett tåg!

– Här görs inga jävla röster!

– Du svorde igen!

– Här görs inga röster, säger Ove. Tåg kan inte prata!

– Du är inte så bra på att läsa sagor, säger Nasanin.

– Du kanske inte är så bra på att lyssna på dem!
fräser Ove.

Men han bläddrar vidare i boken.

– Vad är det här för skit? säger han.
Ett pratande tåg?
Finns det inget om bilar?

– Berätta om en gammal gubbe
som heter Ove i stället! säger Nasanin.

– Jag är ingen gammal gubbe! säger Ove.

– Clown! ropar Nasanin glatt.

– Jag är ingen clown heller! säger Ove.

Men Nasanin menar inte honom,
hon pekar åt ett annat håll.
Ove tittar ditåt och får se en vuxen man
som är utklädd till clown.
Clownen står i dörren till väntrummet
med ett löjligt leende i ansiktet.

– CLOOOWN! ropar Nasanin
och studsar upp och ner på bänken.

Clownen får syn på henne
och klafsar fram i sina stora röda skor.
– Jag är clownen Beppo! Vill du se ett trolleritrick?

– Ja! ropar Nasanin.

Clownen tittar på Ove.
– Har farbror en femkrona, kanske?

– Nej. Det har farbror kanske inte, säger Ove.

Clownen ser förvånad ut.
– Men ... det är ett trolleritrick.
Har du inget mynt på dig?

– Nej, säger Ove och tittar argt på clownen
som blir rädd och tar ett steg bakåt.

– Men ... säger clownen. Jag är sjukhusclown ju.
Det är för barnens skull.
Du får tillbaka pengen.

– TROLLA! ropar Nasanin.

Ove suckar.
Det verkar inte vara någon idé att säga nej.
Han tar fram en femkrona ur plånboken
och räcker pengen till clownen.
– Men jag ska ha den tillbaka.
Genast. Det är min femma.

Clownen nickar och rycker femkronan ur Oves hand.

***

Tio minuter senare
kommer Parvaneh tillbaka till väntrummet.
Både Ove och Nasanin är borta.
Hon tittar överallt, men de finns ingenstans.

En sjuksköterska stannar framför henne.
– Letar du efter din dotter? frågar hon.

– Ja, svarar Parvaneh.

– Där, säger sköterskan kort.
Hon pekar på en bänk
vid de stora glasdörrarna ut mot parkeringen.

Där sitter Ove med munnen som ett argt streck.
Bredvid honom sitter Nasanin och är glad.
På varsin sida om bänken
står två bistra säkerhetsvakter.
– Är det här ditt barn? frågar den ena vakten.

– Ja, säger Parvaneh, har hon gjort något?

– Nej, säger den andra vakten.
HON har inte gjort något.

Han tittar anklagande på Ove.
– Men HAN har gjort något.

– Ove slog clownen! ropar Nasanin lyckligt.

– Skvallerbytta, säger Ove.

Parvaneh stirrar på honom med öppen mun.
Sedan stirrar hon på Nasanin.
Så stirrar hon på säkerhetsvakterna, sedan på Ove igen.
– Men ... vänta nu ... vilken clown?

– Clownen Beppo! säger Nasanin
och ser ännu gladare ut.
Ove slog honom när han skulle trolla!

– Skit-trolleri, säger Ove.

– Han trollade bort Oves femkrona, säger Nasanin.

– Sedan försökte han ge tillbaka en ANNAN femkrona
än den jag gav honom! säger Ove.

– Då SLOG Ove clownen! ropar Nasanin
som om det var det bästa som hänt i hela hennes liv.

Parvaneh suckar.
Sedan säger hon till vakterna:
– Vi ska besöka min man.
Han har varit med om en olycka.
Vår dotter ska få komma in och säga hej till honom nu.

– Men gubben stannar här!
säger den ena vakten och pekar på Ove.
Han slog en sjukhusclown.

– Slog och slog, mumlar Ove.
Jag petade kanske till honom lite.

Säkerhetsvakterna lägger armarna i kors
och tittar på honom.

– Det gör inget! säger Nasanin
och börjar gå mot pappans sjukhusrum.
Ove var roligare än clownen!

Ove får vänta i väntrummet med vakterna
i nästan en halvtimme.
Han tycker att det är orättvist.
Det var faktiskt clownen som hade försökt lura honom.

Först låtsades han trolla bort Oves femkrona.
Sedan trollade han fram den igen.
Då såg Ove att det stod ett annat årtal på den
än på femkronan han lämnat.
Det var alltså en annan femkrona.

Inte konstigt att man blir arg då, tänker Ove.
Och han knuffade bara till clownen lite.
Att Beppo föll omkull på golvet
var för att han snubblade på sina löjliga skor.

En vuxen man som klär ut sig till clown.
Och som dessutom försöker stjäla Oves femma!
Nej, det går inte för sig.

Till slut kommer Parvaneh och Nasanin ut
från sjukhusrummet.
– Nu åker vi, säger Parvaneh när de går förbi Ove.

Ove reser sig från bänken och följer efter.
Innan de går ut genom dörrarna vänder sig Ove
mot säkerhetsvakterna och säger:
– Låtsas-poliser!

Nasanin tittar på Ove och ler.
– Du är rolig! säger hon.

Så tar hon Ove i handen.

Ove tittar på henne.
– Ja ja. Det blir nog folk av dig också, säger han.

Sedan kör de hem i Oves Saab.

När Ove har släppt av Parvaneh och Nasanin
kör han in Saaben i garaget igen.
På golvet där inne ligger plastslangen kvar.

Han tänker en stund.
Så plockar han upp slangen från golvet
och hänger upp den på en krok på väggen.
Låser Saaben.
Stänger garaget och rycker tre gånger i handtaget.

Går hem till sitt hus.
Det han hade tänkt göra får vänta.
Han kan ta livet av sig i morgon i stället.

Det funkade inte med rep.
Det funkade inte med avgaser och plastslang.
Men Ove vet ett sätt att dö som helt klart funkar.

En man som heter Ove och ett tåg som blir försenat

Ove vaknar kvart i sex.
I dag struntar han i rundan.
I stället tittar han i tågtidtabellen.

Sedan släcker han lamporna, stänger av elementen
och lägger det viktiga kuvertet på hallmattan
innanför dörren.

Han kan inte ha det i kavajfickan den här gången.
Ove ska kasta sig framför ett tåg.
Det kommer bara vara köttfärs kvar av honom.

Den här gången ska ingen få stoppa honom.
Ove promenerar till stationen.
Han tar trappan ner till perrongen
och ställer sig där och väntar.

Det är kallt ute, nästan 15 minusgrader.
Ove fryser.
Men det spelar ingen roll, tänker han.
Om en stund är han ändå död.
Om tåget nu kommer i tid.

Det är bara några få människor på perrongen.
En bit bort står tre långhåriga ungdomar
med stora ryggsäckar.
Ove tänker att ryggsäckarna är fulla med knark.

Några meter från Ove
står en man i 40-årsåldern i svart rock.
Han läser tidningen.

Ove tittar på klockan.
En minut kvar.
Han ställer sig längst ut på perrongen.
Ner till spåret är det en och en halv meter.
Precis när tåget kommer ska Ove hoppa framför det.
Sedan kommer det att vara slut.

Men det gäller att han hoppar precis när tåget kommer,
så att lokföraren inte hinner se vad som händer.
Det vore hemskt om lokföraren såg Ove dödas.
Då skulle lokföraren känna sig skyldig hela livet.

Nu hör Ove suset i tågrälsen från tåget som är på väg.
Han blundar och gör sig beredd.

Då hör han ett skrik.
Han öppnar ögonen.
Det är en av ungdomarna som skriker.
Hon pekar på mannen i svart rock.

Mannen ser yr ut, sjuk.
Han vaggar fram och tillbaka på perrongen,
som om han håller på att svimma.
Så börjar det rycka i kroppen på mannen,
och tidningen faller ur hans händer.

Sedan viker sig benen på honom.
Han faller från perrongkanten ner på spåret.
Och där blir han liggande.

Ungdomarna stirrar på mannen på spåret.
De rör sig inte.
Ove hör tåget närma sig, suset i rälsen.
Snart blir den avsvimmade mannen mosad av tåget.

– Det var då själva fan, säger Ove till sig själv.

Och så hoppar han ner på rälsen.

Ove lyfter upp den avsvimmade mannen
och släpar honom åt sidan. Tåget kommer närmare.
Ove försöker baxa upp mannen på perrongen.
– HUGG I HÄR DÅ, skriker han åt ungdomarna.
Här kan han inte ligga i vägen för tåget begriper ni väl!

Ungdomarna hjälper Ove
att få upp mannen på perrongen.

Så.
Nu är mannen i rock utom fara.
Men Ove står kvar på spåret.
Tåget kommer närmare och närmare.

Det var inte riktigt så här det var planerat, tänker Ove.
Men det får duga.

Ove ställer sig mitt på spåret.
Rälsen skakar under hans fötter.
Han hör tågvisslan tjuta och bromsarna gnissla,
men lokföraren kommer aldrig hinna stanna
innan Ove blir överkörd.

Äntligen, tänker Ove.
Äntligen döden.

Tåget närmar sig.
Det blinkar med strålkastarna åt honom.
Ove stirrar rakt in i ljuset.
Först blir han bländad.
Men efter några sekunder ser han lokföraren.

Han kan inte vara mer än 20 år.
Han möter Oves blick och ser skräckslagen ut.
Lokföraren förstår att han om några sekunder
kommer att döda en man.

Om inte Ove flyttar på sig, förstås.
Ove ser lokförarens livrädda ögon
och blir arg på sig själv.

Fan också, tänker Ove.
Jag kan inte göra det.
Jag kan inte tvinga honom att döda mig,
hur gärna jag än vill dö.

Loket är högst 20 meter bort
när Ove stiger åt sidan
och svingar sig upp på perrongen.

Bromsarna skriker.
Loket stannar precis där Ove stod
för ett par sekunder sedan.

Ove ser hur lokföraren stirrar på honom genom rutan.

Han ser ut att kunna börja gråta
vilken sekund som helst.
Lättad, men fortfarande livrädd.

– Är du okej, eller? ropar en av ungdomarna.
Det var i sista momangen du hoppade upp!

– Det kunde gått illa, säger en annan.
Du kunde ha dött.

– Men vilken hjälte du är! säger den första.
Du räddade livet på han!

– Honom, säger Ove.
Räddade livet på HONOM heter det, inte HAN.

Så vänder han sig om för att gå.

– Vart ska du? ropar ungdomarna.
Du är ju en hjälte!

Ove hör ambulanssirener.
Han ser mannen han räddade
ligga avsvimmad på perrongen.
Han ser lokföraren komma ut ur förarhytten
helt likblek i ansiktet.

– Vadå hjälte? säger Ove.
Det tycker jag inte.
Nu blir ju tåget säkert försenat.

Så går Ove uppför trappan från perrongen,
tillbaka ut på gatan och börjar vandra hemåt.

Jaha, tänker han.
Så var den här dagen också förstörd.
Jag får försöka i morgon igen.

Utanför sitt hus stannar han vid förrådet.
Det är ett hål mitt i snödrivan utanför.
Ove tittar ner i hålet.

Längst ner på botten
ligger det där kattskrället och sover.
Kunde man ju ge sig fan på.

En man som heter Ove och ett kattskrälle i en snödriva

Ove tittar på katten.
Konstigt att ligga och sova i en snödriva så där.
Det måste vara väldigt kallt.

Fast sover den?
Nosen ser så blek ut.
När Ove tittar närmare ser han
att katten är nästan djupfryst.

Då hörs en röst bakom honom.
– Är han död?

Det är Parvaneh.

Ove rycker på axlarna.
– Jag är ingen veterinär.

– Men du måste ju plocka upp honom! ropar Parvaneh
och slår Ove på axeln med vanten.

– Måste jag inte alls det, säger Ove.

– Men är du dum i huvudet, eller? säger Parvaneh.

– Jag kommer inte så bra överens med katter, säger Ove.

Det får Parvaneh att se så ilsken ut
att Ove måste backa ett par steg.

Sedan dyker Parvaneh ner i snödrivan,
och dyker upp igen med det lilla djuret i armarna.
Kattskrället ser ut som en sliten halsduk
som smält ihop med fyra glasspinnar.

– Lås upp, Ove! skriker Parvaneh
och skyndar med katten till ytterdörren.

Ove tvekar.
Ska hon släpa in den förfrysta katten i hans hus?
Ska det bli sjukstuga för djur
hemma hos honom nu också?

Ove vill bara bli lämnad i fred.
Det finns en sak han måste göra.
Han vill inte ta hand om en katt.

– MEN ÖPPNA DÖRREN DÅ! vrålar Parvaneh.

Ove vågar bara lyda.
Han tar fram nyckeln ur fickan och låser upp dörren.
Parvaneh rusar in med skorna på
och lägger ner katten i Oves soffa.

– Hämta filtar! ropar hon.
Och höj värmen på elementen.
Det är svinkallt här inne!

– Här höjs inga element, säger Ove.

När Parvaneh vänder sig mot honom
ångrar han att han sa det.
Ove har aldrig sett en argare människa.

– Jag har en filt på övervåningen! säger han snabbt.

– Hämta den då, säger Parvaneh.

När Ove går uppför trappan sticker det i bröstet.
Han har lite svårt att andas.
Han måste stanna och dra några djupa andetag
innan han kan fortsätta.

Han hämtar filten uppe på sängen i sovrummet.
När han kommer ner igen rycker Parvaneh åt sig filten
och sveper in katten i den.

– Vad ska vi göra? säger Parvaneh.
Han är iskall. Han kommer dö.

– Dö och dö, säger Ove. Den är väl lite nedkyld bara …

Nu ser Parvaneh så där arg ut igen.
Hon håller upp katten.
Den har börjat ändra färg från lila till vit.
Den ser verkligen ut att vara på väg att dö.
– Vad ska vi göra? säger Parvaneh.

Ove tittar på den nedfrysta katten.
Så tittar han på Parvaneh, ser sorgen i hennes ögon.
Så suckar han.
Tar ett steg bakåt.
Och tar av sig tröjan.

Parvaneh ser förvånat på honom.
– Men Ove … vad GÖR du?

– Ge mig kattskrället, säger Ove
och sträcker fram armarna.

Parvaneh räcker över den döende katten.
Ove tar den i sin famn och håller den tätt mot bröstet.

Han står så en stund och värmer katten.
Den tinar sakta mot hans bröst.
Vatten från pälsen droppar på byggplasten på golvet.

Parvaneh lägger försiktigt sin handflata
mot kattens nos.
Så skiner hon upp.
– Han börjar bli varmare! jublar hon.

Ove nickar.
Han känner sig lite glad.
Inte för att han bryr sig det minsta om katten.
Men Sonja skulle ha tyckt om att se vad han gör nu.

Det skvalar smältvatten ner på byggplasten.
Katten börjar få tillbaka färgen.
Den kanske klarar sig.
Den kanske inte måste dö.

– Den får stanna tills den tinat, säger Ove till Parvaneh.
Sedan får du ta med den hem till dig.

– Det går inte, säger Parvaneh.

– Vadå går inte? säger Ove.

– Nasanin är … allergisk, säger Parvaneh.

Hon säger det långsamt, som om hon hittar på.
Men Ove är inte säker.

Jaha, ska han få ett kattskrälle på halsen nu också?
Han kan inte ta hand om en katt.

Det enda jag vill är att få dö, tänker Ove.
Men det kan han inte säga högt.

Ove tittar på katten.
Det rycker i ögonlocken på den.

Han tittar på Parvaneh.
Hon ser på honom med klar blick.
Som om hon förstod precis allt.
Att Ove är ensam och saknar sin fru.
Att det enda han vill är att slippa leva.
Men att han inte kan ta livet av sig
om han måste ta hand om en katt.

Parvaneh förstår vilken sorts man Ove är.
En man som inte sviker.

Det är typiskt, tänker Ove.
Att jag ska vara en sådan man.

Till slut mumlar han:
– Det får väl bli så då.

– Hur då? undrar Parvaneh.

– Kattskrället, svarar Ove.
Den får väl bo hos mig ett tag.

Parvaneh ler mot honom.
Ett stort varmt leende som gör Ove väldigt irriterad.

– Men bara tills den mår bra igen! säger han.

Parvaneh slutar inte le.

En man som heter Ove och en katt som flyttar in

När katten har tinat och öppnat ögonen
går Parvaneh hem till sig.
Hon ska laga mat till Nasanin.

Men innan hon går
ringer hon till en vän som är veterinär.
Vännen ska komma och titta till katten,
undersöka den för att se om den har blivit skadad.

Ove tycker att det är onödigt.
Men han har svårt att säga emot Parvaneh.

Ja ja, tänker Ove.
Då kanske han i alla fall får veta
hur länge han måste ta hand om kattskrället.

Nu är Ove ensam med katten.
Plötsligt känner han sig naken där han står utan tröja
och värmer det stackars djuret.

Ove tittar på katten.
Katten tittar på Ove.
Ove tycker inte om katter,
och katter tycker inte om Ove.
Det vet Ove sedan förr.

Hans fru Sonja hade en katt som hette Ernest.
Ernest tyckte inte om Ove,
och Ove tyckte inte om Ernest.

Och då var Ernest ändå den katt
som Ove tyckte minst illa om
av alla katter han hade träffat.

Det här kattskrället är inte alls lik Ernest.
Den är så liten och benig att den liknar en stor råtta.
Och den har tappat ännu mer päls sedan sist.
Katten ser ut som en gammal raggsocka.

Ove lägger försiktigt ifrån sig katten i soffan.
Det är något i det lilla djurets blick.
Något som Ove känner igen.
Något stolt.

Inte rädsla.
Inte tacksamhet.
Stolthet.

Samma sorts stolthet som Ove minns från sin pappa.

Det har blivit mörkt ute.
Ännu en dag när jag inte fick dö, tänker Ove.
Lika bra att jag går och lägger mig.

– Du håller dig här i soffan i natt, säger Ove till katten.
Så du inte springer runt och smutsar ner överallt.

Katten ser inte alls ut att vara på humör
att springa runt.
Men Ove vill vara på den säkra sidan.

Ove borstar tänderna och går till sängs.
Han somnar direkt.
Men han blir väckt flera gånger av kattskrället
som hoppar upp i sängen och lägger sig bredvid,
på Sonjas sida av sängen.
Då sparkar Ove ner katten på golvet.
Sedan dröjer det en kort stund
innan katten hoppar upp igen.

Så håller de på hela natten tills klockan är kvart i sex.
Då stiger Ove upp.
När han kommer in i köket sitter katten mitt på golvet
och glor på Ove.
– Du är väl hungrig, antar jag, muttrar Ove.

Kattskrället svarar inte.
Den bara nafsar sig i pälsfläckarna på magen
och slickar sig på tassen.

– Men i det här huset lallar man inte omkring
som en IT-konsult och väntar på mat, säger Ove.
Det här är inget katthem.

Ove pekar ut genom fönstret mot Parvanehs hus.
– Du är här bara för att det inte går att diskutera
med det där fruntimret, säger Ove.

Det ringer på dörren.
Ove öppnar.
Det är Parvanehs veterinärvän.
Hon undersöker katten.
Det går ganska snabbt.

Hon säger att katten är ”kraftigt undernärd”.
Det betyder att den måste äta sig frisk.
Hon säger också att den har ”allvarliga frostskador”.
Och så ger hon Ove fyra små kattstrumpor
som katten måste ha på sig om den ska gå ut.

När veterinären har gått sätter Ove på kaffe.
Sedan håller han upp strumporna mot katten.
– Du får stanna hos mig tills du mår bättre.
Men då måste du hjälpa till lite.
Nu sätter vi på dig de här så går vi ut på rundan.
Skynda dig, jag är sen!

Katten verkar förstå vad han säger.
Den reser sig och går och sätter sig vid ytterdörren.
Den gör inte motstånd när Ove kränger på strumporna
på tassarna.

När det är färdigt tittar Ove på katten
och skakar på huvudet.
– Strumpor på en katt, säger han.
Det kan inte vara naturligt.

Men det är väl bäst så.
Det var vad veterinären sa.
Och hon vet nog vad hon pratar om.

Katten ser i alla fall nöjd ut i sina nya strumpor.
Ove drar på sig sin blå jacka
och sticker händerna i fickorna.
– Här kan du inte stå och se mallig ut hela morgonen,
säger han åt katten. Ut med dig.

Så kliver Ove och kattskrället ut genom dörren.
Det är första gången Ove har sällskap på sin runda.
Han sparkar på skylten
där det står ”Biltrafik förbjuden”.
Han visar kattskrället en annan skylt där det står:
”Förbjudet att rasta husdjur inne på bostadsområdet.”
– Säkrast för dig att du inte pissar på något,
säger Ove till katten.

Ove rycker tre gånger i handtaget till sin garageport.
Han inspekterar cykelförrådet.
Kattskrället följer efter hela tiden.
När Ove tittar till soprummet
blir katten intresserad av en av soppåsarna.
Den hoppar upp i sopcontainern
och börjar bita i påsen.
Ove schasar undan den.
– Ner därifrån, du kan för fan inte äta sopor!

Katten blänger på Ove, men lyder.

När Ove vänder ryggen till pissar den på Oves skylt.
Ove svär. Sabla kattskrälle.

När de kommer tillbaka till huset
öppnar Ove en burk tonfisk
och sätter den på köksgolvet.
– Här får du, säger han.
Det skulle väl bli ett jäkla liv om jag lät dig svälta ihjäl.

Katten äter direkt ur burken.
Ove står vid diskbänken och dricker sitt kaffe.
När de är klara diskar Ove ur både burken och koppen.

– Jag har ärenden att göra, säger Ove.
Så vi kan inte stå här hela dagen.

Ove vet att katten är för sjuk
för att vara ensam hemma.
Den får följa med.
– Nu ska vi åka och hälsa på Sonja, säger Ove.

***

Katten tycker inte om att sitta på tidningspapper
i baksätet på Saaben.
När Ove börjar köra
sparkar den ner papperet på bilgolvet.
Ove får stanna flera gånger på vägen och rätta till.

Till slut förstår katten
att det inte tjänar något till att krångla.
Men den ser inte glad ut.

När Ove stannar vid blomsteraffären hämnas katten.
För när Ove kommer tillbaka med blommorna
har någon slickat långa blöta streck
på Oves ratt och bilbälte och insidan av bildörren.
Kattspott.

Ove hötter argt med fingret åt katten.
Då biter katten honom i fingret.
Sedan pratar inte Ove och katten med varandra
på hela bilresan.

När de kommer fram till kyrkogården
vill Ove inte ha mer kattspott i bilen.

Så han rullar ihop tidningspapperet till en batong
och motar ut katten med den.
Sedan plockar han ut blommorna ur bakluckan,
låser Saaben med bilnyckeln, går ett varv runt
och rycker tre gånger i alla dörrar.

Katten sitter på marken och tittar på.

Tillsammans går de sedan uppför kyrkbacken.
De pulsar genom snön tills de kommer till Sonjas grav.
Ove borstar av snön från gravstenen
med baksidan av handen
och håller fram blommorna.
– Jag har grönsaker med mig, mumlar han.
Rosa. Som du gillar.

Katten sätter sig ner bredvid graven.
Ove tittar på den, och sedan på gravstenen.
– Ja ... det här är kattskrället.
Han bor hos oss nu.
Han höll på att frysa ihjäl utanför vårt hus.

Katten ser nöjd ut
över att ha blivit presenterad för Oves fru.

– Men det är bara tills han mår bättre,
skyndar Ove sig att säga.

Så att kattskrället inte ska få några idéer.

Ove stirrar på sina skor en stund.
Han suckar.

Han sjunker ner på knä framför gravstenen
och borstar bort lite mer snö från den.
Lägger försiktigt handen på den.

– Jag saknar dig, Sonja, viskar han.

Ove känner något mjukt mot sin arm.
Han tittar ner.
Det är kattskrället som har lagt sitt lilla huvud
i hans handflata.

En man som heter Ove och någon i ett garage

När Ove kört in Saaben i garaget
sitter han kvar i förarsätet och stirrar framför sig.
Han tänker på Sonja.
Alla minnen han har tillsammans med henne.
All glädje och alla sorger.

Först blir katten otålig.
Den verkar undra varför den inte blir utsläppt.
Sedan försöker den öppna dörren själv.
När det inte går lägger den sig ner på tidningspapperet
och somnar.

Ove sitter tyst vid ratten i nästan 20 minuter.
Sedan rätar han på sig,
petar till katten så att den vaknar
och kliver ur bilen.

– Ove? hör han en främmande röst säga.

Han vänder sig om.
Där står en kvinna han inte känner igen.
Hon är i 45-årsåldern, klädd i jeans och grön jacka.

Kvinnan kliver in i Oves garage
och ser sig nyfiket omkring.
Katten tar ett steg framåt och fräser åt henne.
Hon stannar upp.

– Jaha? säger Ove. Och vad vill du?

– Är det du som är Ove? frågar hon.

Det är väl en försäljare, tänker Ove.
Som vill sälja en alldeles för dyr dammsugare åt mig.
– Jag ska inte ha något, säger Ove.

– Va? säger hon.

– Du säljer väl något skräp förstås, säger Ove.
Men jag ska inget ha. Mig kan du inte lura.

Kvinnan skakar på huvudet.
– Nej, jag säljer inget.

Hon sträcker fram handen för att hälsa.
Ove tar den inte.
– Jag heter Lena och är journalist.
Jag skriver reportage i lokaltidningen.
Jag vill intervjua dig.

– Vad ska det vara bra för? fräser Ove.
Lämna mig i fred.

Ove tänker att kvinnan är galen.
Hon måste ut ur garaget innan hon ger sig på Saaben.

– Du är en hjälte, säger kvinnan. Du räddade livet
på en man som ramlade framför tåget i går.

– Ut ur mitt garage! säger Ove.

– Men Ove, säger kvinnan. Du är en hjälte!

– Nej! skriker Ove. Låt mig vara!
Och hur vet du vad jag heter?

Kvinnan backar ett par steg.
Hon verkar rädd.
– Du betalade din biljett med betalkort, säger hon.
Jag gick igenom betalregistret i kassan
och hittade ditt namn.

Ove säger ingenting.
Han vill inte vara hjälte.
Han vill inte att folk ska snoka i hans liv.
Han vill bara få träffa Sonja igen.

Nu får det vara nog.
Ove går långsamt fram mot henne med arga ögon.
– Lämna mig i fred, väser han.

Hon backar in i garaget.
Ove stänger porten om henne och låser.
Sedan rycker han tre gånger i handtaget,
vänder sig om och går mot sitt hus.
Han hör hur hon ropar efter honom där inne,
men han låtsas inte om det.

Katten följer efter honom in i hallen.
Ove smäller igen dörren, låser den inifrån
och sjunker ner på pallen som står i hallen.

Han skakar av ilska.
Hans hjärta bultar.
Han känner hur det drar i bröstet.
Att de aldrig kan låta honom vara.

***

En timme senare knackar det på Oves dörr.

– Ove? Ove?

Det är Parvanehs röst.
Ove reser sig från pallen och öppnar.
Där utanför står Parvaneh och Nasanin.

– Vad är det? undrar Ove.

Katten kommer och sätter sig bredvid honom.

– Jag vill bara berätta
att du kanske har inbrott i ditt garage,
säger Parvaneh. Det hörs ljud där inifrån.

– Det är inget inbrott, mumlar Ove.

– Vad är det då? frågar Parvaneh.

Ove svarar inte.
Han tittar ner i golvet.
Kattskrället tittar också ner i golvet.

– OVE! säger Parvaneh igen, strängare den här gången.
Vad är det som händer?
Vem är det som är i ditt garage?

– Äh, säger Ove. Ingen speciell … en journalist bara.
Hon trängde sig på.

– Herregud … har du LÅST IN någon i garaget? skriker Parvaneh.

– Lite kanske, säger Ove.

– ”Lite”???

– Det var inte meningen, säger Ove.

Parvaneh skakar på huvudet.
– Inte meningen?

– Hon jobbar på tidningen och ville skriva en massa dumheter om mig.
Hon kom efter mig och tjatade och …
då blev det så här.

Parvaneh ser trött ut.
– Jag orkar inte, säger hon.

– Aja baja, säger Nasanin och hötter med pekfingret. Så gör man INTE.

Parvaneh säger inget mer.
I stället hugger hon tag i Oves arm
och drar med honom ut, bort till garaget.
Katten och Nasanin kommer efter.

Parvaneh går fram till garageporten
och knackar på den.
– Hallå? ropar hon.

– Hallå? svarar garageporten.

– Vem är du? ropar Parvaneh.

– Jag heter Lena.
Jag är journalist på lokaltidningen.
Jag vill göra en intervju med Ove.

– Varför vill du prata med honom? frågar Parvaneh.

– Han är en hjälte! ropar garageporten.

– En … vad? ropar Parvaneh
och tittar förvånat på Ove.

– En hjälte!

– Vadå hjälte?

– Hon svamlar en massa! säger Ove.

– Han räddade livet på en man
som trillade ner framför tåget! ropar garageporten.

Parvaneh är tyst i flera sekunder.
Sedan säger hon:
– Är du säker på att det är rätt Ove?

Ove ser kränkt ut.
– Jaha, säger han. Inte får man vara i fred,
inte får man vara hjälte heller.
Parvaneh ser snällare ut.
– Vad har du gjort, Ove? frågar hon mjukt.

– Äh, jag fiskade upp en avsvimmad gubbe
från rälsen bara.
Det är väl för fasen inget att prata om.

Parvaneh försöker hålla sig för skratt.

– Det är inget att flina åt heller, säger Ove.

– Hallå, är ni kvar? ropar garageporten.

– Nej! skriker Ove åt den.

– Varför är du så himla arg? frågar garageporten.

Ove ser osäker ut.
Han vet inte riktigt varför han är arg.
Han lutar sig mot Parvaneh och säger:
– Jag vet inte hur jag ska bli av med henne.
Släpper jag ut henne
kommer jag ha henne på mig som ett plåster.
Men jag vill inte lämna henne ensam därinne
med Saaben!

Parvaneh nickar och tänker efter.
– Jag har en idé, säger hon.
Jag behöver åka till sjukhuset och hämta Patrick.
Om du skjutsar oss
hjälper jag dig att bli av med journalisten.

– Hallå? ropar garageporten.
Ove ser inte alls ut att tycka om Parvanehs förslag.

– Eller så säger jag till den här journalisten
att JAG har en del bra historier att berätta om dig,
säger Parvaneh.

– Historier? Vadå för historier? ropar garageporten
och börjar banka igen.

– Ove slog clownen, ropar Nasanin plötsligt.

– Vadå för clown? ropar garageporten.
Släpp ut mig så jag får höra!

Parvaneh tittar på Ove.
– Om du inte skjutsar oss så berättar jag för henne
om clownen, säger Parvaneh. Vill du det?

– Det här är utpressning, säger Ove.

– Ove slog clownen! ropar Nasanin igen.

– Släpp ut mig! ropar garageporten.
Jag vill höra allt!

Ove suckar och säger till Parvaneh:
– Okej. Jag skjutsar er till sjukhuset.
Men du måste ta hand om journalisten!

Det lovar Parvaneh.

En man som heter Ove och en färgglad teckning

Snart sitter Ove, Parvaneh, Nasanin och katten
i Saaben.
De är på väg till sjukhuset.
Ove känner sig lurad.

Parvanehs sätt att ”bli av med journalisten”
var att låsa upp garageporten och släppa ut henne.
Sedan gav hon henne sitt telefonnummer och sa:
– Ring mig sedan så pratar vi om Ove.
Det är ingen idé att du pratar med honom direkt.

Visst försvann journalistkvinnan efter det.
Men Ove är säker på att hon kommer tillbaka.

Och varför ska de ”prata om Ove”?
Det finns väl inget att säga?
Ove gjorde vad vilken vettig människa som helst
skulle göra.

Ove och katten sitter kvar i bilen
medan Parvaneh och Nasanin hämtar Patrick.
Ove tycker att kattskrället tittar konstigt på honom.
Anklagande.

– Sluta tyck synd om dig själv, säger Ove till katten.

Men på något konstigt sätt
är det som om han samtidigt säger det till sig själv.

Kattskrället verkar ändå inte bry sig.
Den rullar över på sidan och somnar.

Ove suckar.
Han måste nog dras med den där katten ett bra tag till.

Snart kommer Parvaneh, Patrick och Nasanin
ut från sjukhuset.
Patrick går på kryckor, men verkar annars må bra.
Det är trångt i Saaben när allihop har klämt in sig.
Dessutom sitter Nasanin
och ritar med färgkritor där i baksätet.
Tur att Ove lagt ut tidningspapper på alla sätena.

– Vems är katten? frågar Patrick när de åkt en bit.

– Oves kisse! säger Nasanin genast.

Ove skakar på huvudet.
– Det är det INTE, säger han.

– Är det ju! säger Parvaneh.

Ove tittar på henne i backspegeln.
Hon ser retsam ut.

– Är det ju INTE! säger Ove igen.
Den bara bor hos mig ett tag.

Parvaneh skrattar.
Hon säger till Patrick:
– Bry dig inte om vad Ove säger.
Det är visst hans katt.

– Den är en förbaskad slöfock! ropar Ove.

– Ska den inte lämnas in någonstans då? undrar Patrick.

– Vadå lämnas in? säger Ove.

– Ja ... på ett katthem eller så ... börjar Patrick, men Ove avbryter honom:
– Här ska inget kattskrälle lämnas in på något jädra hem!

Då blir det tyst i Saaben.
Patrick ser rädd ut.
Nasanin ritar.
Parvaneh ser ut att kunna börja gapskratta när som helst.

Plötsligt lägger Nasanin ner färgkritan hon håller i.
– Kissnödig! ropar hon.

– Kan vi stanna? Nasanin behöver kissa, säger Parvaneh.

– McDonald's där borta har toaletter, säger Patrick. Bra, då kan jag äta också.

– McDonald's blir bra, säger Parvaneh, stanna där.

– Här stannas ingenting, säger Ove bestämt.

Parvaneh tittar på honom i backspegeln.
Nu ser hon så där arg ut igen.

Ove törs inte göra något annat
än att stanna vid McDonald's.

Men han vägrar följa med in.
Trots att till och med kattskrället gör det.
Den förrädaren.

Ove passar på
att lägga ut mer tidningspapper på sätena.
Efter tio minuter kommer hela gänget ut
och kliver in i bilen med sin mat.
Parvaneh sätter sig i passagerarsätet fram
med sina pommes frites och ler mot Ove:
– Tack för att du väntade, säger hon.

– Ja ja, säger Ove, startar bilen och börjar köra hemåt.

– Ove, jag behöver din hjälp, säger Parvaneh.
Jag vill att du hjälper mig att ta körkort.
Patrick kommer att vara gipsad i flera månader,
så han kan inte köra.
Jag måste ha körkort så att jag kan skjutsa barnen.

– Du har verkligen inte körkort? säger Ove.

– Nej.

– Och det är inget skämt?

– Nej.

– Har du blivit av med det?

– Nej, säger Parvaneh. Jag har aldrig haft något.

Ove är tyst en lång stund.
En vuxen människa som inte har körkort.
– Vad jobbar du med? frågar han Parvaneh.

– Jag är fastighetsmäklare, svarar hon.

– Och har inget körkort?

– Nej.

Ove har verkligen ingen lust att hjälpa någon mer.
Han har fullt upp med kattskrället.
Ska han behöva övningsköra med Parvaneh
kommer han aldrig få tid att ta livet av sig.

Det är som om Parvaneh kan höra vad han tänker.
Hon ler retsamt och säger:
– Vill du verkligen att någon ANNAN än du
ska lära mig att köra bil i bostadsområdet?

Tanken får Ove att rysa.
Parvaneh har rätt.
Ove förstår att han inte ens behöver svara henne.
Hon vet redan att han kommer att hjälpa henne.
Hellre det än att hon ska åka runt i bostadsområdet
med någon slipsnisse i Audi och meja ner brevlådor.

Parvaneh, Nasanin och Patrick är upptagna med att äta,
så det är tyst i bilen resten av vägen hem. Skönt.
Snart är de framme.
Ove stannar Saaben och slår av motorn.

– Tack för skjutsen, säger Parvaneh.

Så kliver hon, Patrick och Nasanin ut ur bilen.
Nasanin skuttar fram till Ove
där han sitter i förarsätet.
Hon öppnar dörren och räcker fram något.
Det är ett papper.

– Vad är det här? frågar Ove,
men Nasanin har redan skuttat vidare.

– Det är en teckning, säger Parvaneh.

– Vad ska jag med den till? undrar Ove.

– Nasanin har ritat dig, ser du väl.

Ove vrider och vänder på papperet.
Han ser bara streck och krumelurer.

– Där är katten, där är jag och där är Patrick,
säger Parvaneh och pekar på tre svarta figurer.

Men i mitten finns den enda figuren som har färg.
Många färger.
Gult och rött och blått och lila och orange,
allt i en enda röra.

– Och det där ...
Parvaneh pekar på färg-fyrverkeriet.
– Det är du, Ove.

Ove tittar.
Det är inte särskilt likt, tycker han.

– Du är den roligaste hon vet.
Därför målar hon alltid dig i färg, säger Parvaneh.

Sedan stänger hon bildörren och går.

Vadå ”alltid”? tänker Ove.
Men han hinner inte fråga,
alla har redan gått mot huset.

Ove suckar och lägger teckningen på passagerarsätet.
Sedan backar han in Saaben i garaget
och drar igen porten utan att stänga av motorn.
Sätter sig vid ratten igen.

Han ser plastslangen.
Han borde passa på nu.
Låta motorn gå.
Låta avgaserna fylla garaget och Saaben.
Låta sig kvävas till döds.

Han längtar efter det.
Efter att försvinna.
Efter att få träffa Sonja igen.
Han saknar henne så hemskt.

Han tittar på teckningen igen.
Alla de där färgerna.
Parvaneh sa att han var den roligaste Nasanin visste.
Ove har aldrig känt sig särskilt rolig.

Då hör han något prassla
på tidningspapperet i baksätet.
Han vänder sig om.
Det är katten som sträcker på sig.

Han hade glömt kattskrället.

Ove tittar på katten.
Han tänker på Sonja.
Han känner hur det luktar avgaser.
Han tittar på katten igen.
Den ser så levande ut.

Så sträcker han ut handen, vrider om nyckeln
och stänger av motorn.

Han kan inte göra det.
Inte riktigt än.
Han kan inte ta kattskrället med sig in i döden.

Ove kliver ur Saaben.
Han öppnar bakdörren på ena sidan.
– Kom, säger han till kattskrället.
Nu går vi hem och äter.

Katten lyfter på huvudet och tittar på Ove.
Den ser nästan glad ut.
Men mest hungrig.

En man som heter Ove och en bit plåt

Nästa morgon går de upp kvart i sex.
Som vanligt.
Nu är det kattskrället som väcker Ove.
Den har redan lärt sig rutinerna.

De går rundan tillsammans.
Sedan dricker Ove kaffe medan katten äter tonfisk.

Sedan går de ut och skottar snö.
Fast det är bara Ove som skottar.
Kattskrället kliver runt i snön
med strumpor på tassarna.

Sedan går Ove in.
Ensam.
Katten är kvar ute.

Ove går in i badrummet och plockar ner en plastburk
från översta hyllan i badrumsskåpet.
Han skakar på burken.
Den rasslar.
Den är fylld med piller.
Starka smärtstillande piller
som Sonja brukade äta mot slutet,
när hon fick för ont.

När hon åt ett piller stillades smärtan.
Pillren är inte farliga om man bara äter ett.

Men äter man många, tio stycken eller ännu fler,
då kan man dö.
Det vet Ove.

Och eftersom Ove vill dö
ska han äta så många piller han orkar.

Ove hör någon utanför ytterdörren.
Det är kattskrället som jamar och vill in.
Men Ove tänker inte öppna.
Han vill inte att katten ska behöva se på när han dör.

Katten ylar där ute i snön.
Ove tänker på Sonja.
Snart.

Ove skruvar av locket på burken
och häller ut pillren på handfatskanten.
De ser små och ofarliga ut där de ligger.
Ove tycker att det verkar konstigt
att de där små prickarna ska kunna skada honom.
Men han vet att det är så.
Han ska svälja dem allihop
och de ska hjälpa honom att dö.

Katten låter som om den står och spottar snö
på Oves ytterdörr nu.
Men så avbryts den av ett annat ljud.
En hund som skäller.
Ove lyssnar.
Det är tyst några sekunder,
så hör han katten skrika till av smärta.
Sedan skäller hunden igen.

Ove håller sig i handfatet.
Han försöker låta bli att höra det där lätet.
Skriket från den plågade katten.

Men det går inte.
Katten har ont.
Ove kan inte bara stå där.

Till sist suckar han och rätar på sig.
Öppnar plastburken och stoppar ner pillren i den igen.
Går nerför trappan och genom vardagsrummet.

Genom fönstret ser han det blonda mähät
komma rusande i full fart mot katten.
Ove öppnar dörren precis när hon
försöker sparka kattskrället i huvudet.
Katten duckar och backar mot Oves förråd.
Ove ser att den blöder.

Mähäts hund, vinterkängan, morrar.
Den har päls i käften.
Ove förstår att den har bitit katten,
det var därför den jamade och skrek.

Mähät tar sats och försöker sparka katten igen.
Då får hon syn på Ove och hejdar sig.
Hon darrar av ilska, pekar på katten och säger:
– Jag ska få den där skjuten!

Ove stirrar henne i ögonen och skakar på huvudet.
Hon ser inte lika säker ut längre.

– Den rev Prins! skriker hon.
Det är en jävla gatukatt
och den ska ... den ska dö!

Ove säger inget, men hans ögon blir svarta.
Mähät backar bort från honom.
Vinterkängan backar också.
De är rädda för Ove
som står helt tyst och stirrar argt på dem.

– Kom Prins, säger mähät till sist och rycker i kopplet.

Vinterkängan vänder genast.
De småspringer nedför gatan, bort från Ove.

Ove står kvar och andas tungt.
Det bankar hårt i bröstet.
Han har svårt att andas igen.

Så tittar han på katten.
Katten tittar på honom.
Den har nya sår längs sidan.
Blod i pälsen igen.

De tittar på varandra en stund.
Så öppnar Ove ytterdörren och kliver åt sidan.

– In med dig.
Så du inte blir ihjälbiten av någon annan galen hund.

Katten tassar in över tröskeln.
Ove stänger dörren.
Han ställer sig mitt i vardagsrummet.

Överallt tittar Sonja tillbaka på honom.
Det är bilder på henne överallt.

Han går ut i köket och sätter in pillerburken i ett skåp.
Sedan kokar han kaffe
och häller upp vatten i en skål åt katten.

Katten lapar vatten.
Ove dricker kaffe.
Till slut säger Ove:
– Du är en jävla katt att vara envis.

Kattskrället svarar förstås inte.
Ove reser sig,
ställer kaffekoppen och vattenskålen i diskhon
och vänder sig mot katten.

– Häng med här.
Så ska vi ge den där jycken något att tänka på.

Ove tar på sin blå jacka och öppnar dörren åt katten.
Den slinker ut
och sätter sig och väntar på Ove på trappan.

Innan Ove går ut tittar han på bilden av Sonja
som hänger på hallväggen.
Han tycker nästan att hon ler åt honom.
Så viktigt är det väl inte att dö just precis nu,
tänker Ove.
Det kan vänta lite till.

Så går Ove ut.
Först går han till förrådet och tar fram en stor bit plåt,
sådan som man använder till plåttak.

Ove har inte plåttak.
Han har tegeltak.
Men Ove är en man som alltid har en bit plåt i förrådet.

Sedan letar han i hyllorna
tills han hittar extrabatteriet till Saaben.
Han tar också fram startkablar,
som man använder om bilen inte startar.
Han bär ut alltihop.

Plåten lägger han på marken mellan förrådet och huset,
just där vinterkängan brukar pissa.
Klämmorna i ena änden av startkablarna
sätter han fast i plåten.
De som sitter i andra änden
kopplar han till extrabatteriet.

Så täcker han plåten med snö så att den inte syns.
Sedan ställer han sig bredvid katten
och tittar på det han har gjort.
– Det är en hundfälla, berättar han för katten.
En elektrisk hundfälla.
När vinterkängan kommer hit nästa gång
och kissar på plåten så får han en stöt.

Katten lägger huvudet på sned och tittar på plåten.

– Den kommer att få sig en jävla chock, säger Ove.

Katten tittar länge på honom.
Ove skruvar på sig.
Det är som om kattens blick säger:
– Menar du allvar?
Du ska väl inte grilla en hund med ström?

– Nä nä, det förstås, suckar Ove
och kliar sig under hakan.
Men jag tänkte bara att ...

Han säger inget mer.
Nä, tänker han.
Inte är jag en man som grillar en hund.

Ove plockar ihop batteriet, startkablarna och plåten
och tar in alltihop i garaget igen.

Visst tycker han
att vinterkängan förtjänar en rejäl elstöt.
Men kattens blick påminde honom om något.
Den fick honom att minnas skillnaden mellan
att vara elak för att man MÅSTE,
och att vara elak bara för att man KAN.

Ove måste inte vara elak.
Därför tar han bort fällan.
– Men det var en bra idé, säger han åt katten
innan han stänger dörren till förrådet.

Katten ser inte helt säker ut.

Sedan går de in i huset och äter lunch.
Ove är orolig.
På eftermiddagen är det meningen
att Parvaneh och Ove ska övningsköra.
Han hoppas att hon inte ska ha sönder Saaben.

En man som heter Ove lär Parvaneh köra bil

Övningskörningen börjar inte så bra.

Parvaneh föser bort tidningspapperet
som Ove har lagt på förarsätet.
Ove tycker inte om att hon gör det.
Men han vågar inte säga något.

Sedan krånglar hon sig in bakom ratten
med sin stora gravida mage.
Ove måste hjälpa henne
att skjuta sätet så långt bak det går
för att hon ska få plats.

Sedan pillar hon på Oves radio
för att få in ”en roligare kanal”.
Ove tycker inte om det heller.

Parvaneh tar tag i ratten
och tittar på instrumentpanelen.
Hon ser ut som ett nyfiket barn.
– Vad börjar vi med? ropar hon.

Ove suckar.
Katten sitter i baksätet och ser ut som om
den skulle vilja sätta på sig säkerhetsbältet.

– Tryck ner kopplingen, säger Ove.

Parvaneh tittar sig omkring och verkar leta efter något.
– Vilken är kopplingen? frågar hon.

Ove tror inte sina öron.
– Du vet väl för fan var kopplingen sitter?

Parvaneh tittar sig omkring igen.
Så vänder hon sig mot Ove.
– Sluta skrik åt mig!

– Jag skriker inte! skriker Ove.

Parvaneh lägger armarna i kors
och stirrar ut genom sidorutan.
Ove är tyst en stund.
Sedan säger han:
– Pedalen längst till vänster är kopplingen.
Den i mitten är bromsen.
Längst till höger är gasen.

– Nu har jag tryckt ner kopplingen, säger Parvaneh.
Vad gör jag sedan?

– Starta motorn genom att vrida om nyckeln.
Så lägger du i en växel, gasar lite grann
och släpper försiktigt upp kopplingen.
Då börjar bilen rulla.

Parvaneh försöker göra som han säger.
Saaben kastar sig framåt med ett skutt
och vräker sig mot gästparkeringen.
Den missar en parkerad bil med bara några centimeter.

Parvaneh släpper ratten,
sätter upp händerna för ansiktet och skriker.

Ove sliter tag i handbromsen,
Saaben stannar med ett ryck.
Två centimeter från baklyktorna
på en annan parkerad bil.

– Vad gör jag nu? skriker Parvaneh.

– Startar bilen igen och lägger i backen, säger Ove.

– Jag krockade nästan med den där bilen,
säger Parvaneh.

– Gör inget, säger Ove lugnt.
Det är en Audi.

Det tar dem en kvart att komma ut från parkeringen
och fram till stora vägen.
Saaben skakar som om den är på väg att explodera.
Ove säger åt Parvaneh att växla upp.
Hon svarar att hon inte vet hur man gör.
Katten snor oroligt runt i baksätet.

De kommer fram till första rödljuset.
Parvaneh lyckas stanna Saaben utan att motorn slår av.
Bakom dem lägger sig en svart stadsjeep
väldigt nära Saabens bakre kofångare.

Alldeles för nära, tycker Ove.

I framsätet på stadsjeepen
sitter två unga män med rakade huvuden.
Parvaneh tittar i backspegeln.
Stadsjeepen gasar på tomgång
så att motorn brummar högt.
Parvaneh ser stressad ut.

Ljuset slår om till grönt.
Parvaneh släpper upp kopplingen.
Det går lite för snabbt, så Saaben lägger av.
Parvaneh vrider om nyckeln för att få i gång den igen,
men motorn bara hostar.

Männen i stadsjeepen tutar.
Ove vänder sig om och ser på dem.
Den ena mannen gör fula tecken med fingrarna.

– Tryck ner kopplingen och ge mer gas, säger Ove.

– Det gör jag ju! säger Parvaneh.

– Det gör du inte alls.

– Det gör jag visst!

– Skrik inte åt mig, säger Ove.

– JAG SKRIKER FÖR FAN INTE! skriker Parvaneh.

Stadsjeepen tutar.
Parvaneh trycker ner kopplingen.
Saaben rullar bakåt
och slår emot fronten på stadsjeepen.

Ove ser hur mannen som kör stadsjeepen
lägger sig på tutan.
Saaben hoppar till, motorn stannar igen.

Parvaneh vrider på nyckeln,
men får inte i gång motorn.
Då släpper hon allt och gömmer ansiktet i händerna.

– Men herregud, säger Ove. Gråter du nu?

– JAG GRÅTER FÖR FAN INTE! vrålar Parvaneh
så tårarna sprutar på instrumentbrädan.
Det är bara så jobbigt allting, fattar du inte det?
Jag är GRAVID! Jag är lite STRESSAD bara,
kan ingen vara snäll
mot en gravid kvinna som är STRESSAD?

Ove skruvar på sig i passagerarsätet.
Parvaneh slår händerna hårt i ratten flera gånger.
Så börjar hon gråta igen.

Stadsjeepen tutar så högt
att det låter som en Finlandsfärja.
Då är det något som händer i Ove.
Han kastar upp dörren, stiger ur Saaben,
går fram till stadsjeepen och sliter upp dörren på den.
– Har du aldrig varit nybörjare på någonting?
säger han.

Föraren hinner inte svara.

– Din satans förbannade fähund till dumfan!
vrålar Ove rakt i ansiktet på mannen.

Sedan rycker Ove tag i kragen på mannen
och drar ut honom ur bilen.
Det går så snabbt att mannen rasar ner på asfalten.
Mannen är muskulös, väger säkert över hundra kilo,
men Ove håller honom i ett hårt grepp.
Ove är stark i nyporna.
Han trycker upp mannen mot sidan av stadsjeepen
så att det knakar i plåten.
Han sätter pekfingret mot mannens rakade huvud
och stirrar honom i ögonen.
– Tutar du en gång till är det det SISTA du gör
på den här jorden, säger Ove.

Mannen tittar med rädda ögon
på sin kompis i stadsjeepen.
Kompisen rör sig inte.
Mannen tittar längs hela den långa raden av bilar
som står stilla bakom Parvaneh.
Ingen rör sig.

Det finns ingen som vill hjälpa honom.
Alla är rädda för Ove.

Då vänder mannen ansiktet mot Ove igen.
Och nickar.

Ove släpper ner honom på marken.
Sedan går han lugnt tillbaka till Saaben,
sätter sig bredvid Parvaneh och stänger dörren.
Så säger han:
– Nu ska du lyssna på mig.
Du har fött ett barn och ska snart få ett till.

– Du har flytt hit från Iran, fortsätter Ove.
Du har lärt dig ett nytt språk,
skaffat dig en utbildning och en familj.
Du har inte varit rädd för någonting.

Parvaneh bara sitter och gapar.
Så här många ord har hon aldrig hört
komma ur Oves mun på en gång.

Ove fortsätter:
– Det du har gjort är svårt.
Mycket svårare än det jag nu ska lära dig.
Köra bil är ingenting jämfört med det du har klarat.
Det finns ingenting att vara rädd för.

Han pekar på pedalerna:
– Det är enkelt. Det är gas, broms och koppling.
Många idioter har lärt sig det här på nolltid.
Det kommer du också göra.

Och så säger han
det snällaste han någonsin sagt till Parvaneh:
– För du är inte en idiot.

Parvaneh är lugn nu, hon har slutat gråta.
Hon drar ett djupt andetag,
tar tag i ratten och startar motorn.

Ove sätter på sig bilbältet.
– Nu trycker du ner kopplingen.
Sedan gör du som jag säger.

Den eftermiddagen lär sig Parvaneh köra bil.

En man som heter Ove backar ett släp igen

I dag är dagen då Ove ska dö.
Det här är dagen då han ska göra det till slut.

Han har släppt ut katten
och lagt kuvertet med viktiga papper
på mattan i hallen.

Och han har hämtat geväret på vinden.

Det är ett gammalt gevär
som Sonjas pappa lämnade efter sig när han dog.
Sonja visste inte vad hon skulle göra med det.
Det har stått på vinden sedan dess.
Och det duger bra till det som Ove ska använda det till.

Han hittade också en annan sak på vinden.
En sak som har stått där sedan olyckan.
Något som han också har burit ner
och ställt i vardagsrummet.
En present till Parvaneh.

Han har städat i köket,
släckt alla lampor och stängt av värmen.
Nu sitter han i sin fåtölj med geväret i knät.

Ove har precis laddat geväret
när det knackar på dörren.
Typiskt.

Han gömmer geväret bakom ett element
och går och öppnar.

Det är Parvaneh som står utanför.
Förstås.
Den kvinnan kan visst aldrig lämna Ove i fred.
Hon trycker en mobiltelefon i handen på honom.

– Vad är det här? undrar Ove.

– Det är till dig, säger Parvaneh.
Det är den där journalisten.

– Vad ska jag med hennes telefon till? frågar Ove.

– Herregud! säger Parvaneh. Det är inte hennes telefon.
Det är min telefon.
Hon har ringt till den, som jag sa åt henne att göra.

Ove tittar misstänksamt på telefonen.
Parvaneh tränger sig förbi Ove in i hallen
och går in på hans toalett.

– Jaha? säger Ove barskt i luren.

– Hej! säger journalisten Lena.
Är du redo att göra intervjun nu?

– Nä, säger Ove.

Han håller upp telefonen framför sig
för att lista ut hur man lägger på.

– Har du läst brevet jag skickade? frågar Lena.

– Vadå för brev?

Det har varit så rörigt den senaste tiden.
Ove har inte öppnat posten på flera dagar.
– Vänta ska vi se, säger han och går in i köket.

På diskbänken ligger högen med oöppnad post.
Ove bläddrar bland breven.
Längst ner ligger
ett brev till honom med tidningens logotyp.

Han ska precis öppna det
när han tittar ut genom fönstret.
Han ser en svart Audi komma körande
på gatan utanför hans hus.

– NEJ NU JÄVLAR! skriker Ove.

– Hallå? säger Lena i luren. Vad är det som händer?

Men Ove har glömt att han pratar i telefon.
Han släpper brevet och telefonen på diskbänken
och rusar mot ytterdörren.
Parvaneh kommer just ut från toaletten
och ser honom svischa förbi.

– Oj oj oj oj oj, säger hon och skakar på huvudet.

Ove hoppar i träskorna,
rusar ut och springer mot Audin.

Den har stannat mellan buskarna
längst ner på återvändsgatan,
framför ett stort träd.
En man med slips kliver ur Audin.
Han är säkert IT-konsult, tänker Ove.

Sedan ser han de vita sladdarna från mannens öron.
Då känner han igen både slipsnissen och bilen.
Det är Audin han tävlade med utanför köpcentrumet.

– Nu räcker det! skriker han åt slipsnissen.
Du kör INTE bil i det här bostadsområdet!
Inte en jävla METER!

Mannen ser Ove i ögonen.
– Jag kör väl var jag vill.

– Det gör du så fan heller! säger Ove.

Mannen flinar åt Ove.
Så säger han:
– Och vad ska du göra åt det?

Sedan vänder han sig om och börjar gå.
Efter några meter stannar han.
– Känner jag inte igen dig någonstans ifrån, förresten?

Ove svarar inte.
Mannen rycker på axlarna och går vidare
fram till ett av husen på gatan.
Där ringer han på.
Dörren öppnas och han blir insläppt.

Ove darrar av ilska.
Han kan inte säga något, för han kan knappt andas.

Han kan inte röra sig heller.
Det bankar i bröstet.
Hjärtat galopperar.

Parvaneh kommer fram till honom.
– Vad händer, Ove? Hur mår du?

Ove är tyst.
Han tänker ut en plan.
Efter en stund vänder han sig mot Parvaneh:
– Det där släpet ni hade när ni flyttade in.
Har ni kvar det?

Parvaneh nickar.
– Ja, det står framför vårt hus.

– Bra, säger Ove. Jag vill låna det en stund.

När Ove går och hämtar Saaben tänker han
att han inte kommer dö i dag heller.
Det går inte att dö
när det händer saker som gör en så arg.

När slipsnissen kommer ut ur huset en kvart senare
står ett släp i vägen bakom hans Audi.
Han går runt bilen och tittar.
Den står helt inklämd.
Framför den står trädet.
På sidorna är det höga buskar.
Och bakom den står släpet.

Det går inte att köra framåt.
Det går inte att köra bakåt.
Det finns inte plats att svänga
så att han kan köra åt sidan.

Ove står en bit bort med armarna i kors.
Mannen går fram till honom.
– Är det du som gjort det här?

– Nä, ljuger Ove.

– Flytta släpet nu med en gång.

– Skulle inte tro det, svarar Ove.

– Flytta släpet. Annars ringer jag polisen.

Ove skakar på huvudet.
Han pekar på skylten längre bort på gatan.
– Bilkörning förbjuden inne i bostadsområdet.
Det står tydligt på skylten.

– Har du inget bättre för dig än att leka ordningsvakt?
säger mannen argt.

Ove svarar inte.
Slipsnissen ser ut som ett åskmoln.
Han pekar på Ove som om han vill säga något.
Men han får inte fram ett ljud.
Han står där med sitt darrande pekfinger en stund.
Till slut vänder han sig om och går därifrån.

Ove ser slipsnissen försvinna
upp mot busshållplatsen på stora vägen.
Han borde vara nöjd nu.
Han vann mot en slipsnisse i Audi.
För andra gången.
Men Ove är bara sorgsen och trött.

Det känns som om det var flera månader
sedan han sov sist.
Som om han knappt kan hålla armarna uppe längre.

Ove orkar inte mer.
Det får räcka nu.

Han stoppar händerna i fickorna och släpar sig hem.
Han stänger dörren bakom sig.
Han sjunker ner på pallen i hallen
och känner hur händerna skakar.
Hjärtat bankar som om det vill ut ur kroppen.
Det trycker över bröstet.

Ove sitter med rusande hjärta i nästan 20 minuter
innan det slutar.
Och då börjar Ove gråta.

En man som heter Ove och en gammal spjälsäng

När katten kommer tillbaka till huset
har det gått flera timmar.
Det har blivit kväll.
Ove sitter fortfarande i hallen.

Katten krafsar på dörren.
Ove öppnar.
De tittar på varandra.
Ove stiger åt sidan och släpper in den.

Sedan äter de middag och tittar på teve.

Halv elva släcker Ove lampan i vardagsrummet
och går upp på övervåningen.
Katten följer tätt efter honom.
Som om den tror att Ove tänker göra något
som den inte kommer tycka om.

Den sitter på golvet och tittar på
medan Ove klär av sig och går till sängs.
Katten hoppar upp
och lägger sig på Sonjas sida i sängen.

Sedan väntar Ove tills katten har somnat.
Det tar mer än en timme.
Han orkar inte bråka med den.
Han vill inte behöva förklara för katten
varför han ska skjuta sig i huvudet.

När katten till slut ligger på rygg
och snarkar med öppen mun
smyger Ove ut ur sovrummet.
Han går ner i vardagsrummet och plockar fram geväret
från gömstället bakom elementet.
Så tar han fram fyra stora byggplastskynken
som han har haft i städskåpet
för att katten inte skulle se dem.
Han tejpar upp dem på väggarna i hallen.

Han vill inte stänka ner tapeten
när han skjuter sig i huvudet.
Sonja hatade alltid när han stökade till hemma.

Sedan klär han på sig.
Det blir finkostymen och gåbortsskorna.
Han känner på geväret i händerna.
Det är tungt, metallen känns kall mot fingrarna.

Nu ska det ske.

Då kommer han på
att det är dumt att skjuta sig finklädd.
Det kan ju bli en massa blod på kostymen.
Det känns fel.
Sonja skulle inte gilla det.
Han lägger ifrån sig geväret,
går in i vardagsrummet och klär av sig.
Sedan viker han ihop kostymen
och lägger den på golvet bredvid gåbortsskorna.

I strumpor och kalsonger går Ove tillbaka till hallen
och tar upp geväret.

Det är väldigt tyst i huset.
I hela bostadsområdet faktiskt.
Alla sover.

Då kommer Ove att tänka på
att katten kan vakna av skottet.
Det stackars kattskrället blir väl vettskrämt av ljudet.

Ove funderar en stund.
Så går han ut i köket och sätter på radion.

Bra.
Musikradio.
Om katten vaknar kommer den att tro
att smällen hör till låten som spelas.
Och då somnar den säkert om.

Ove ställer sig mitt i hallen.
Han osäkrar geväret.
Han stoppar gevärspipan i munnen.
Han blundar.

Nu behöver han bara trycka av.
Sedan är han död.
Och äntligen får han träffa Sonja igen.

Då
bankar
det
på
dörren.

Ove tror inte att det är sant.
Det är nästan mitt i natten.
Vad är det här?
Känner folk på sig när han ska ta livet av sig?

Först tänker han låta bli att öppna.
Sedan blir han orolig
att katten ska vakna av bankandet.

Nej, det går inte.
Då kommer Ove inte kunna göra det han ska sedan.
Då kommer han inte att få vara i fred.
Bäst att öppna
och säga åt människan som står där utanför
att fara och flyga.
Det skulle inte förvåna Ove
om det är den där journalistpersonen.

Det bankar och bankar på dörren.
Ove ställer geväret bakom elementet och öppnar.

Det är Parvaneh.
Hon säger inget om
att Ove bara har kalsonger och strumpor.
Hon hälsar inte ens.
Hon rusar raka vägen in på toaletten.

Ove ser förvånat på den stängda toadörren.
Det var inte så här han hade tänkt sig kvällen.
Parvaneh måste ha varit väldigt kissnödig.
Kanske är hon sjuk?

Det är väl barnet i magen som trycker på
och gör att hon måste kissa.
Ove minns att Sonja fick springa på toa hela tiden
när hon var gravid.

Parvaneh kommer ut igen.
– Är du färdig? frågar Ove.
Jag är lite upptagen just nu.

Parvaneh nickar.
– Tack för lånet av toan.
Jag kunde inte sova och tog en promenad.
Så blev jag nödig och hann inte hem.

Precis när hon är på väg till dörren
får hon syn på något i Oves vardagsrum.
Hon stannar.

Ove står i dörröppningen och väntar på att hon ska gå.
Men han vet precis vad det är hon tittar på.

I vardagsrummet står en spjälsäng.
Den är till ett barn.
Det var den som Ove bar ner från vinden
när han hämtade geväret.

Ove svär tyst för sig själv.
Det var inte meningen att Parvaneh skulle se den nu.
Tanken var att den skulle vara en present.
Att hon skulle hitta den när Ove var död.

Parvaneh tittar på spjälsängen.
Så tittar hon på Ove.

Så tittar hon på spjälsängen igen.
– Är det …? börjar hon.

– Ja, säger Ove och nickar.

De vet båda vad hon menar.
Spjälsängen som Ove snickrade till sitt och Sonjas barn.
Barnet som aldrig blev fött.

När Sonja blev gravid snickrade Ove på spjälsängen
i flera veckor.
Det var den finaste spjälsängen som någonsin byggts.
Efter olyckan bar han upp den på vinden.
Där har den stått fram till nu.

Nu vill han att Parvaneh ska ha den till sitt barn.

– Åh, Ove, viskar Parvaneh med tårar i ögonen.

– Den stod ändå bara och samlade damm, säger Ove.

Parvaneh stirrar på spjälsängen
med handen för munnen.
– Åh, Ove, säger hon igen.

Ove känner sig obekväm.
Han tittar ner i golvet och mumlar:
– Om du börjar gråta nu så får du den inte.

När Parvaneh börjar gråta ändå suckar Ove.
– Fruntimmer alltså, säger han.

Så går han in i vardagsrummet och klär på sig.
Det blir inget av i kväll heller.
Att han alltid ska bli avbruten.

När han kommer tillbaka till hallen har katten vaknat.
Den står bredvid Parvaneh och tittar på Ove.
Som om den undrar vad den har missat.

– Ove, säger Parvaneh.
Jag har aldrig fått en så fin present.
Jag måste få tacka dig på något sätt.

Du kunde lämna mig i fred som tack, tänker Ove.
Men det kan han inte säga högt.

– Kom över till oss och ät middag i morgon!

– Men ... säger Ove.

– Inga men, jag måste få bjuda tillbaka på något sätt.
Nasanin blir glad när du kommer!

– Men ... säger Ove.

– Då säger vi så! Vi ses i morgon!

Innan Ove hinner svara har hon gått.
Ove och katten står kvar i hallen.

Ja ja, tänker Ove.
En middagsinbjudan kan man inte tacka nej till.
Det skulle vara oartigt.
Och kattskrället har ju ändå vaknat.

Jag får skjuta mig i skallen
efter middagen i morgon i stället, tänker Ove.
Men då ska det äntligen bli av.

– Nu går vi och lägger oss, säger han till katten.
Vi är visst bortbjudna i morgon.

Tio minuter senare snarkar de båda
på varsin sida av dubbelsängen.

En man som heter Ove och ett viktigt beslut

Ove brukar inte tänka att saker och ting är ”trevliga”.
Men det är vad middagen hos Parvanehs familj är:
trevlig.

Ove tycker väl att Parvaneh krånglar till maten.
Det är en massa maträtter
som Ove inte kan säga namnet på.
Ove tycker att det kunde duga
med kött och sås och potatis.

Men gott är det.
Och riset med saffran i är till och med VÄLDIGT gott.
Så gott att Ove äter två stora portioner.

Katten gillar också riset.
Den äter lika mycket som Ove.

Efter middagen sätter lufsen i gång med disken.
Nasanin vill att Ove läser godnattsaga för henne.
Först säger Ove nej,
men efter lite tjat går han med på det.

Han bäddar ner Nasanin, sätter sig på sängkanten
och börjar läsa.

Men han hinner inte långt i boken.
Efter bara tre sidor sträcker sig Nasanin
efter hans hand, håller den och säger:
– God natt, morfar.

Så somnar hon på en sekund.

Ove sitter kvar.
Han vet inte vad han ska tänka.
Nasanin kallade honom ”morfar”.

Ove känner en värme i bröstet.
Det är hjärtat.
Men det gör inte ont den här gången.
Tvärtom.
Det är glädje.
Det var länge sedan Ove kände så.

Ove tittar på den sovande flickan
som just har kallat honom morfar.
I den stunden bestämmer han sig.
Han ska inte dö än.
Han ska leva vidare.

Livet har en mening.
Det finns någon som tycker om honom.
Någon som behöver honom.
En flicka som han kan vara morfar åt.

Ove sitter kvar hos Nasanin lite till.
Sedan släpper han hennes hand,
försiktigt så att hon inte ska vakna.
Han släcker lampan, lyfter ner katten på golvet
och går ut till köket.
– Vi går hem nu, säger han till Parvaneh och lufsen.
Tack för middagen.

– Tack för spjälsängen, Ove, säger Parvaneh.
Kan vi övningsköra i morgon?

– Ja, det kan vi göra, säger Ove.
Och i övermorgon också.
Hela veckan faktiskt.

– Bra, säger Parvaneh. Ska vi säga klockan åtta?

– Det blir bra, säger Ove.

Det är mörkt när Ove och katten kommer ut på gatan.
De går sida vid sida upp mot parkeringen.
Ove passar på att sparka på skyltarna
och rycka tre gånger i garageporten redan i kväll.
Så behöver han inte gå upp så tidigt.

Kanske tar han sovmorgon i morgon.
För omväxlings skull.
Han ska ju inte träffa Parvaneh förrän klockan åtta.

När de är på väg in på Oves gård ser Ove
något som rör sig vid ett hus längre ner på gatan.
Konstigt.
Ove vet att familjen som bor där är bortrest.
De är i Thailand på semester.

När Ove och katten närmar sig huset
hörs ljudet av ett fönster som går sönder.
De ser tre svartklädda figurer
som klättrar in genom det trasiga fönstret.
Inbrottstjuvar!

– Hallå, vad håller ni på med?
ropar Ove genom mörkret.

Figurerna hejdar sig.
En av dem skriker något.
Ove rusar rakt fram mot dem.
Han ser hur en av dem tar upp ett järnrör
och svingar det mot Oves huvud.

Men innan röret hinner träffa
hugger det till i Oves bröst.
Det gör så ont att Ove faller framstupa i snön.
Så ont som att bli spetsad på ett svärd.

Ove kippar efter luft.
Men det kommer ingen luft till lungorna.
Det känns som om någon
har stuckit in handen i honom
och gripit tag i hans hjärta.

Det flimrar för ögonen.
Han hör fotsteg i snön.
Det är inbrottstjuvarna som springer därifrån.
Huvudet håller på att explodera.
Han vill skrika, men det finns inget att skrika med.
Han får inte luft.

Ska han dö nu?
Det vore väl typiskt.
Just när han bestämt sig för att leva vidare.

Ove tycker att han hör Parvanehs röst genom smärtan.
Hon säger något om att hon har ringt ambulans.

Det sista Ove hinner tänka innan allt blir svart är
att hon måste se till att ambulansen
inte kör in mellan husen.

Biltrafik är förbjuden inne i bostadsområdet.

En man som heter Ove och ett hjärta som är för stort

Ove vaknar i en sjukhussäng
av att Parvaneh står lutad över honom.
– Din jävel! skriker hon. Du får inte dö!

Samtidigt som hon skriker
slår hon med handflatorna på Oves arm.
– Du går INTE och dör för mig!
Begriper du det!

Hårdare och hårdare slår hon
för varje gång hon säger det.
Ove tycker att det är ett konstigt sätt att väcka någon.
– Sansa dig, kvinna, viskar han.

Då slår Parvaneh honom på armen en gång till.
Sedan slutar hon.

Ove har slangar i näsan.
Det gör ont i bröstet varje gång han andas.
Det gör ont att prata.
Ändå säger Ove:
– Du lät inte de jävlarna
köra in ambulansen i bostadsområdet va?

Parvaneh svarar inte.
Men hon tar hans hand och kramar den.

En ung läkare kommer in i rummet.
Han ställer sig vid sängen och tittar ner i ett papper.

– Ove har ett hjärtfel, säger han.

Sedan fortsätter han att förklara med konstiga ord
som varken Ove eller Parvaneh förstår.

– Vad betyder det? frågar Parvaneh
när läkaren har förklarat klart.

– Oves hjärta är för stort, säger läkaren kort.

Parvaneh tittar på läkaren.
Hon tittar på Ove.
Sedan tittar hon på läkaren igen.

Sedan börjar hon le.
Sedan börjar hon fnittra.
Sedan börjar hon frusta.
Till slut står hon vid Oves säng och gapskrattar rakt ut.

– För ... stort ... hjärta! hackar hon fram.
Jag dör, Ove har för stort hjärta!

– Det är för fan jag som dör! säger Ove.

– Nja, säger läkaren. Så farligt är det inte.
Får du rätt mediciner kan du leva vidare ett tag till.

– Ett tag? säger Parvaneh.

– Det kan ta några månader.
Det kan också ta några år.
Svårt att säga med sådana här saker.
Men du ska inte dö nu.

Bra, tänker Ove.
Då hinner jag vara morfar åt Nasanin ett tag.
Och Parvaneh hinner ta sitt körkort.

– För stort hjärta, säger Parvaneh och fnittrar till igen.

Hon puttar på Ove.
– Det såg jag hela tiden. Vilket stort hjärta du har.

***

Fyra dagar senare får Ove åka hem från sjukhuset.
Parvaneh sitter vid ratten och övningskör,
för Ove kan inte köra själv.

Han har svårt att använda benen efter hjärtfelet.
Han har fått kryckor på sjukhuset.
Ändå låter han inte Parvaneh
köra honom fram till dörren.
– Regler är regler, säger han.
Bilkörning är förbjuden inne i bostadsområdet.

När de kommer till hans hus lyser det i fönstret.
Katten sitter utanför dörren och väntar på honom.
Det ligger teckningar på bordet i köket.

– Nasanin har ritat dem åt dig, säger Parvaneh.

Längst ner på varje teckning står det ”Till morfar”
med spretiga bokstäver.

När Parvaneh ser det säger hon:
– Bry dig inte om det där hon har skrivit.
Du vet hur barn är.
Min pappa dog i Iran.
Hon har aldrig haft en morfar.

– Hon får väl kalla mig vad hon vill, säger Ove.
Ska väl du skita i.

Sedan sätter han upp alla teckningarna
på kylskåpsdörren.

– AJ! skriker Parvaneh plötsligt.

Ove vänder sig om.
Han ser Parvaneh ta sig om magen.

– Är det dags? frågar Ove.

Parvaneh nickar.
– Ja, jag tror det.

Sedan skriker hon ”AJ!” igen.
Så de får åka tillbaka till sjukhuset.

Det blir en pojke.

En man som heter Ove och livet

Livet är en märklig sak.

Vintern blir till vår.
Ove lever vidare.

Ja, han LEVER verkligen.
På många sätt är han samma gamla Ove
som han alltid varit.
Men det är mycket som är annorlunda.

I början tror grannarna nästan
att Ove har fått en knäpp.
Han skäller inte längre,
utan hjälper i stället folk.
Snickrar staket.
Hjälper nya grannar att flytta in.
Sitter barnvakt.
Lånar ut verktyg.
Pratar med alla och är glad.

Han tar till och med ner
några av alla skyltar han satt upp.
Men den om förbjuden biltrafik i bostadsområdet
får sitta kvar.
Någon ordning får det vara.

Efter ett tag är det som om Ove
inte bara är morfar åt Nasanin.
Han är morfar åt hela kvarteret.

Det är en fin tid i Oves liv.
För första gången på länge känner sig Ove behövd.

Parvaneh klarar sin uppkörning.
Hennes pojke växer och blir större.
Nästan varje kväll kommer Ove hem till dem
och äter middag.

Våren blir till sommar.
Ove besöker Sonjas grav varje vecka.
Han visar foton på pojken och Nasanin för henne.
– Flickan kallar mig morfar, berättar han stolt.
Och pojken sover i vår spjälsäng.

Sommaren blir till höst.
En dag hittar Ove brevet från journalisten Lena.
Det hade han glömt bort.
Han har fortfarande inte öppnat det.
När han öppnar kuvertet trillar en handskriven lapp ut.
Den är från mannen
som Ove räddade från att bli påkörd av tåget.

Ove läser lappen:

Hej Ove.

Lena på tidningen lovade mig
att hon skulle skicka det här brevet till dig.
Jag vill tacka dig för att du räddade livet på mig
den där dagen på perrongen.

Du räddade faktiskt livet på mig två gånger.
När jag undersöktes på sjukhuset visade det sig
att jag hade en hjärnsjukdom.
Det var den som gjorde att jag svimmade.

Utan dig hade den aldrig upptäckts.
Jag hade kunnat dö av den.
Fler människor borde vara som du.

Tack för allt.

Ove funderar ett tag.
Sedan ringer han journalisten Lena
och säger att han vill ställa upp på den där intervjun.

Men han får aldrig se den i tidningen.

En man som heter Ove och döden

En kall morgon i november
vaknar Parvaneh tidigare än vanligt.
Hon tittar på klockan.
Den är kvart i sex.
Hon har en konstig känsla i kroppen.

Hon tittar ut genom sovrumsfönstret.
Det är inte skottat framför Oves hus.

Då förstår hon.
Oves stora hjärta har gett upp till sist.
Han är död.

Parvaneh sätter på sig morgonrock och tofflor
och rusar ut.
Hon springer i snön till Oves hus och ropar hans namn.
Hon låser upp med extranyckeln han gett henne.
Hon springer uppför trappan och in i hans sovrum.

Hon hade rätt.
Det är slut.

Ove ser ut att sova djupt.
Hans ansikte är fridfullt.
Katten ligger bredvid
med sitt lilla huvud i Oves handflata.
Parvaneh sätter sig på sängkanten.
Katten kryper upp i hennes knä.
Parvaneh stryker Ove över håret.

Så sitter de tills ambulanspersonalen kommer
för att hämta hans döda kropp.
Då lutar hon sig fram och viskar i hans öra:
– Hälsa Sonja och tacka för lånet.

På nattygsbordet står ett tjockt kuvert.
På kuvertet står det skrivet ”Till Parvaneh”.
Hon tar med sig det hem och öppnar det.

Det är fullt med viktiga papper.
Ritningarna till huset.
Serviceboken till Saaben.
Papper med bankkontonummer.
Försäkringsbrev.

Där finns också ett brev till henne.
Hon sitter vid köksbordet och läser det.
Det är inte långt.

Du ska ha Saaben. Det duger inte att köra Toyota.
Katten äter tonfisk två gånger om dagen.
Den vill inte skita hemma hos främmande folk.
Respektera det.

Det finns ett konto med 11 miljoner kronor.
Pengarna kommer från Sonjas pappa.
Sonja ärvde dom när han dog.
Vi visste inte vad vi skulle ha dom till,
så dom har stått på banken sedan dess.
Pengarna är dina.

Ta hand om barnen.
Sonja hade tyckt om dig.

Låt inte dom nya grannjävlarna köra bil
inne i bostadsområdet.
Hälsningar Ove.

Längst ner står det med stora bokstäver:

DU ÄR INTE EN IDIOT!

Parvaneh använder pengarna till en fond
som ger pengar till föräldralösa barn.
Hon döper den till "Sonjas fond".
Hon vet att Ove skulle ha tyckt om det.

Det kommer så många på Oves begravning
att alla inte får plats att sitta i kyrkan.
Ove är saknad av många.

På fikastunden efteråt
sitter Parvaneh med sin pojke i knät
och tittar på alla människor kring borden.
De pratar och skrattar och gråter om vartannat
när de berättar för varandra om Ove.
Den aviga mannen med det stora hjärtat.

Ove hade inte trott på det
ens om han hade sett det själv,
tänker Parvaneh.
Fast han hade nog inte suttit med på fikat,
tänker hon sedan.
– Vad ska det vara bra för? hade han väl sagt.
Sedan hade han gått ut på parkeringen
och skrivit upp allas bilnummer.

***

Eftersom Parvaneh är fastighetsmäklare
blir det hon som tar hand om försäljningen
av Oves hus.
Efter ett par veckor kommer ett ungt nygift par
och tittar på det.

Kvinnan i paret är gravid.
Hon älskar huset.
Hennes ögon tindrar när hon går genom rummen.

Hennes man är inte lika imponerad.
Han har snickarbyxor
och går runt och sparkar på golvlisterna
för att kolla att de sitter fast ordentligt.
Efter en stund frågar han om ”det där garaget”
som det stod om i husannonsen.

Parvaneh tittar noga på honom.
Så frågar hon vad han kör för bil.

Då sträcker han på sig.
Och så ler han lite.
Sedan ser han Parvaneh i ögonen och säger stolt:
– Saab.